個人意見之完美的任性

陳祺勳

目錄

前言　In all the fabulousness

記得去看張惠妹演唱會的時候，她從升降高台冉冉上升霸氣登場，有個大風扇迎面吹著她，秀髮飛揚，我對同行的友人悄聲說：「I need that, IN MY LIFE.」人生於世對我而言就是一連串，我需要那個，我需要這個，的過程。（事實上，我很想把「I need that, IN MY LIFE.」印在T恤上、刻在手鐲上、掛在牆上，做成跑馬燈不斷的跑過。）

很多人在得獎或事業發展有成時，或發表感言，感謝身邊的人，感謝良師益友，如果現在就是我的那個時刻，我要親吻我的信用卡，感謝我無窮無盡的物慾，如果不是因為消費，我會成為一個一事無成的人。

我是一個非常懶惰的人，人生的標準是能做就不站，能躺盡量躺，每次看到電影火線追緝令裡，那個，因為犯了懶惰之罪，被割掉舌頭綁在床上的人，我都心裡發顫，因為覺得以這七個被害人來說，這最有可能是我，但這世上有太多華美的事物、卓越的事物、不可思議的事物，從初春的一把櫻花到最意想不到的藝術品，以及介於之間的一切事物，從鞋子到傢俱，從香氛到衣服。金錢或許庸俗，但藉由購買，庸俗的金錢可以讓你擁有最優雅的，最精緻的，最孜孜不倦製作的，最驚人的事物。有人追求工作成就是為自我成就感，是為證明自己，是為了自尊，而我，只為了膚淺的理由——物質之樂。我環顧四周，一切的東西都是我買來的，造園鳥蒐集藍色的東西佈置自己的巢，花朵、漿果、甲蟲，是為了求偶，我蒐集這些東西佈置自己的家，填滿衣櫃，架上的零碎什物，是為了自己的感官。

我在家倒著是倒著，有人說，再怎麼樣一個人都是一張床三頓飯，我覺得這大謬不然，吃什麼，躺在什麼上面，可有天差地別，躺在報紙上也是躺，躺在百貨公司滿額贈的聚酯纖維毯子上也是躺（聚酯纖維，多可怕的一個詞），躺在六百織的長纖埃及棉床單上也是躺，但那感受是截然不同，截然不同。

很多人說要尋找內在的平靜，當然，如果你的平靜之所是內在的，那恭喜你，因為這修煉簡直超凡脫俗，隨時隨地就能去到那個快樂的地方，但，如果你快樂的地方在一趟計程車就能到的距離，那麼其實也不那麼糟糕，第凡內早餐裡奧黛麗赫本飾演的交際花，在心情感到紅色時（對，是紅色沒錯，她說感到藍色只是憂鬱，但紅色是透不過氣的恐怖），她就會跳上計程車，到第五大道的第凡內總店去，當時還沒有全球的觀光客，所以這方法行得通。因為現在紐約第五大道的 Tiffany 是一個讓人神經緊張出汗出疹子的地方，排隊兩小時只為等服務人員有空那是司空見慣，我因為實在覺得到此一遊什麼也不買未免太空虛，但實在被排隊人潮嚇死，只好在生意正常的男仕部門隨意買了一個領帶夾（而且，我第一並不擁有領帶，第二，我也不會打領帶，不是說我不打，而是貨真價實的不知道那個結該怎麼打）。

但我很同意一間店可以讓人心情放鬆，當我感到緊迫壓抑憂鬱不安時，我便會到服裝店去，那種豪華的大店，等待店員詢問我要喝什麼飲料（沛綠雅或無糖可樂，看我當天是激動還是沮喪而定）。

Chapter 1

逛街是一種人格

我不能說我喜歡旅行，
我只是換個地方買東西。
我不是旅人，
我是顧客。

旅行的意義

嚴格來說，我不能說我喜歡旅行，我只是換個地方買東西。人家說哪裡哪裡的風景多美古蹟之盛，看完以後改變人生，我只想知道哪裡有紀念品店，紀念品店裡的東西是否夠格，我在之前的一本書裡寫過，文青，不是觀光客，而是旅人，我不是旅人，我是顧客。

很多人覺得到達一個又一個陌生的地方很美好，那是真正喜愛旅遊的人，喜歡千辛萬苦的，省著咬牙忍著，到達最偏遠的，最難到達的地方，去做那種獨一無二的體驗，在印度睡在火葬場下風處的小旅社，到滿是水母的湖裡浮潛，登上高塔觀看吳哥的日落。吳哥日落我倒是去過的，登上高塔以後當然感到非常滿足，但印象更深的是手腳並用爬上去時，滿嘴的塵沙，以及找不到理想紀念品店的焦慮（聽說當地絲織品是有名的，但實際看到的絲織品很是普通）。

我去過巴黎四次，待的時間不能算短，但至今都沒去過巴黎歌劇院，我不是沒有做好要去巴黎歌劇院的準備，聽說巴黎歌劇院非常值得去，先不說它跟許多文學作品的關聯，光是裡面夏卡爾的作品，以及不知道多少片的金箔，華美恢宏，都讓去看過的人，讚譽它是到巴黎不能不去的地方。我沒去過，怪只怪它的地點不好，倒不是偏僻，而是因為它就在拉法葉和春天百貨的對面，所以一從地鐵出來，本來想看歌劇院的想法登時消逝無蹤，就像鐵與磁石、飛蛾與火，我如箭一般射進百貨公司裡面，然後在裡面迷失自我千百回，並且對從台灣打給我的信用卡客服專員大吼，我就有額度，你萬里迢迢打來幹嘛！我在巴黎！電話費你要付嗎！之類這種沒理智的句子（因為有時候靠刷卡的現金退稅，我在巴黎的生活費都夠了，所以何必介懷跨國電話費這種事呢）。

而且你知道嗎，我根本不喜歡這兩間百貨公司，因為觀光客太多了。

我責怪跟我去的朋友，為什麼天天在巴黎逛超市和小菜場，「難道台灣沒有嗎？」他回我，既然你天天在去台灣也有的迪奧和聖羅蘭和香奈兒和愛瑪仕，為什麼我不能去台灣也有的家樂福？（而且家樂福還是法國公司，本著我去哪裡就要逛當地品牌的宗旨，到法國逛家樂福其實超合理的啊。）

這話言之似乎成理，其實也未盡其妙，因為我去那些店並不只是為了購物，我是為了品嘗巴黎這個城市的風味（說得真好聽咧），那些店往往是在他們起初設立的店址，我去的不只是購物點，而是古蹟，去Le Bon Marche是因為它是世界上最早的百貨公司之一，是發思古之幽情，絕對不是因為那裡觀光客少貨齊服務態度佳退稅又快，而且還會講中文（但那裡的男裝部實在令人魂牽夢縈，還有位在隔壁的超市生鮮部）。

我天生分不清東南西北，沒去過的地方我會有似曾相識感，去過的地方則往往不認得，但我獨自搭地鐵到聖歐諾黑街時倒是一次走對路，憑藉著一種神祕的直覺，就像駱駝在沙漠可以找到水源，我一點冤枉路都沒走的就找到了范倫鐵諾新開的旗艦店（然後當然我往左往右就身處在那條街上了），愛馬仕驚人的櫥窗設計永遠值得一看，但在本店裡面要找到一個可以服務你的人則比登天還難（可能需要字正腔圓中氣十足的大喊「服務員！」）商店即是古蹟，你在裡面購買的品牌同時可也是此行的紀念品，這種融合了文化歷史，與紀念品一次滿足的行程在世界上有多少地方可以做到呢？

康朋街上的香奈兒總店大如迷宮，但裡面的服務態度極佳，沒人露出一絲一毫不耐煩並盡量滿足顧客的需求，稍微示意便會有人出現親切詢問，在這樣的店裡你需要嚮導，你想隨便看看也可以，但跟店員溝通他會一直拿出很多適合你的東西來給你看，我就因此跟聖羅蘭的店員發展出短暫的友誼（短暫但美好的友誼，好吧，那這些我通通都要了，是贏得店員感情的鑰匙）。蒙田大道上的迪奧也很值得一去，這裡有全球唯一的迪奧家飾部相當值得一看（彷彿這是件值得知道的資訊似的），還有超齊全的全系列男女時裝，聖羅蘭的大店，翻修後，本身是個灰白大理石構成的建築奇蹟，同時還是個激勵自我減肥的好地點。

當然另一個我摯愛的地方是皇家廊巷，據說路易十四住在這裡過，現在還是文化部所在地之類（完全草率），這個地方有很多精采的獨立設計師服裝店（要小心不要被 Rick Owens 店裡他本人的等身大蠟像嚇到，到底誰會在自己的店裡放自己的等身大蠟像？）以及巴黎最有名的二手衣店 Didier Ludot，店裡有很多二手名牌，甚至經典的古董服裝收藏（可是老闆臉很臭好像全天下的人都欠他錢，而且極度粗魯無禮，跟之前我看 The Rachael Zoe Project 裡的親切阿伯形象截然不同，果然實境秀都是騙人的嘛）。

我朋友說你一直逛不會累嗎？不渴嗎？我說，那是因為你不像我一樣逛，坐下來試鞋子時，店員很自然的會問想喝什麼飲料，我都靠零卡可樂來提振我的精神。（倒不是說在這種全球最密集貨最齊的地方，我還需要咖啡因來提振我的精神啦，你看那個台灣根本不可能進的刺繡斗篷！標價十萬歐元！好適合我！人體器官買賣在巴黎合法嗎？）

當然，在巴黎我也不是一直在買衣服鞋子的，我也會到聖母院（聖母院賣的彩繪玻璃吊飾十分精緻，不可錯過），和對面的莎士比亞書店（別忘了在書上蓋章），以及羅浮宮接受美術薰陶的（羅浮宮裡面的商店，不是像一般的博物館商店只有沒意義的明信片或鑰匙圈，裡面有一間小的春天百貨，光是這點我就認為它是世界第一流的博物館）。

舒國治寫過，我旅行是為了睡覺（之類），我旅行，是為了購物。

逛街小記

不是在購物，就是在購物的路上，不在購物的路上，我也有一個購物的視窗（電腦上的，或頭腦裡的），很多人一定覺得，要買東西不就是在街上走，然後看到什麼合意的，剛好可以就買下來嗎？我當然也做在街上走這件事，但對我來說購物是一件極其重要的事，不可輕忽待之，需要審慎處理。

而且這世上，你在路上走著走著看到合意的東西有那麼容易嗎？當然需要謹慎的計畫，從每季的服裝秀登場，我便會做一個下一季要買什麼的規劃，這個有了，那個我沒有穿過可以添一件，在這之間需要跟店員緊密的聯絡，對，就是第六套那件外套，我的尺寸，對，兩個顏色都要，對，拜託你一定要在上市時打電話給我。

唐立淇老師有次星座預測說，我最近有一個重要的合作關係會結束，我一直擔心那是什麼，是拆夥嗎？分手嗎？經紀人離開我嗎？結果，是我常去的服裝店的我的店員離職，再也沒有比這個更重大了，他會傳簡訊給我以新裝的圖片，對我買過的東西有所了解，深知我可能會喜歡什麼，他離職了那店我還是去的，但還要經過面試店員的這一關。

你可能要想，面試店員做什麼，他們找到這個工作不就是已經被面試過了嗎？但要找到一個長期配合的店員，需要跟他有某種程度的契合，了解我的需求，並且還要相信他的審美觀，我需要一個人跟我說我穿這件好不好看，甚至。其實你可以試試看這件你從來沒試過的樣式，以及，提供我哪裡可以修改的專業建議，因此，我原本的店員離職以後我惶惶不可終日，換了三四個才找到一個合意的。

當然，隨著店員走也不是不可能的，我以前常買 Louboutin 的鞋子，但最近接連去了幾次我熟識的店員都不在，有天閒晃至 Zanotti（我一直喜歡但沒有契機可以去買它）發現他已經轉職到了那間公司（是他從背後狀甚驚喜的拍我），所以我從此以後會開始穿 Zanotti，店員是一間商店最寶貴的資產，如果你拿出真金白銀的真心與他們相待的話。

我在購物時通常會做以下五件事：

一、**自言自語**。

其實就是與自己對話，自言自語分為兩類，一種是對衣服說的，一排的新裝陳列在那裡，一邊把衣服往右邊推一邊心想，也許，什麼東西？OVER MY DEAD BODY，哈哈哈這是什麼，天啊這是命中注定的相遇，我真的想成為這個人嗎？我本來以為我只是在內心想，後來發現，其實會小聲的在嘴上說。

我也會扮演自己的好友，說，不行啦，那個你有一百件了，或者，這件的料子實在太差根本不合理，這件你大概不會買，但為了娛樂性試穿一下也不錯（很多時候為了娛樂性試穿一下最後都會演變成結帳，然後演變成時尚失敗），我也很擔心別人旁觀我購物時會疑心我神智是否正常，那當然要看神智正常的定義是什麼（基本上神智正常的定義就是不會自言自語吧），但就像有人看書時會不自覺的小聲念誦一樣，購物時自言自語對我來說是不可或缺的一環。

其實神智是否正常的標準，跟自言自語的音量有關，我上次便遇到一瘋人一邊大聲講話一邊逛街，我本來以為他是使用免持聽筒在講電話，後來發現他身上根本沒電話，而且他自語的內容包羅萬象，從股市到服裝的設計理念，最後他坐在服裝店的座位上，一邊喝起一杯不知道是哪個客人的咖啡，一邊對我正在試穿的衣服發表看法，接著就出現兩個警衛審慎的跟在他的後面。

二、跟店員作狀似要緊的商討。

跟店員商討這件事對我來說很重要，態度之鄭重猶如鄉土劇裡，家屬面對從手術室裡出來的醫生。不過是衣服嘛，有什麼好商討的？因為衣服是一種稀有的東西，你有時會面臨抉擇，到底是要買當下的這件，還是等到貨都齊了以後再作打算？可是這時候你不買，說不定到時候就賣掉了。所以需要跟店員商討，並且強迫他們拿出即將要到貨的單子來看，才能做好整個打算。

比如有時候會去那種新品上市的活動，吃點心之餘我絕不喝酒（怎麼可以讓香檳影響購物這種重大決策呢），當然就是要計畫這一季的主要形象，這東西的搭配性、延續性，以及是否經典，或是否帶有夠多的強勁點（一件衣服如果完全沒有強勁點，那它是不值得買的），是不是要訂再小一個尺寸或大一個尺寸，或者我們可以靠修改來補足，這東西跟什麼東西互相搭配，可以達到完美的效果，這不是自己一個人可以做到的，需要與店員深度的配合。

店員了解我的腰身增減，胸圍大小，可能比任合人都深刻。

當然這冷靜下來想想，不是什麼要緊事，好像肥皂劇裡昏迷的病人總是會醒（頂多失憶吧），不過這商討過程十分有意思，還可以讓店員知道我對這件事是無比認真投入無數心血的。

三、編織巨大的計畫。

我不能想像什麼都不計劃就去買東西的人生，對我來說購物需要精密的計畫，從經濟上（人沒有無限的購物預算或收納空間，所以你買了這間等於消滅掉其他件的可能性，那麼這件到底值不值得消滅掉其他的可能性？就需要考慮了），搭配上（要深知自己衣櫥裡擁有什麼東西，這件是否可以完美的搭配出想要的效果，又或者它跟任何已有的東西都不搭，所以你其實需要為它計劃整個的搭配，從鞋子到整體造型），以及當然，受到時裝雜誌控制的，丟掉，留下，再利用。

我幾乎不丟掉任何東西，我遠兜遠轉的計劃要買什麼，因而我自認我的衣櫥大部分是理智的（理智的投資型單品與瘋狂的配件），所以買什麼東西都需要計劃，需要長時間的想法，需要全身搭配完好的藍圖，我常午夜夢迴會想到那件衣服穿在我身上該是什麼樣子，該與什麼搭配，一個東西如果無法對著它，想像出整體適用在我身上的造型，那便需要更多考慮。

當然，同時我如果推薦別人買什麼，通常都會一併想說這可以跟什麼和什麼搭配在一起，因為這是我購物的思維模式，不是單一的物件，而是，這個東西可以完成什麼造型。

四、躲在更衣室裡。

為什麼要躲在更衣室裡呢？因為購物時需要冷靜一下，而且在更衣室裡可以做很多你不好意思在店員面前做的事情，好比上網查這東西國際網路購物的價格（對不起啊），還有更重要的，有時候你需要穿著那件衣服自拍才不會被服裝店裡的鏡子蒙蔽。

服裝店裡的鏡子都是神奇的鏡子，照起來就是比較高比較瘦，很多時候買回家一照才發現完全是兩回事，這時候需要沒有人性的鏡頭注視，才知道這件衣服效果如何，有人做過研究，為什麼我們往往認為自己本人比照片好看，那是因為我們在照鏡子時都把焦點放在臉上的優點，而忽略比較不那麼對勁的部分，在鏡頭下面則往往無可遁形，就好像《獨領風騷》這部電影裡的雪兒不用鏡子而用拍立得檢查一件衣服穿在身上的效果，如果生在今日，她會改用智慧型手機自拍。

五、反思自己的人格。

購物時是很好的反思自我人格的時刻，自己是否衝動是否可預測，是否對什麼有偏愛，是否對自己太有信心，都在購物時可以以小見大，偉大的作家會說創作是我的生命，但創作這一季的自己，真正是我生命的寫照。

重複

我以前聽過一個藝術家的演說，他說與友人聚餐，友人說當代藝術還不容易嗎？我把一頭牛殺了就把牛頭放在美術館裡展示，不就是藝術嗎？藝術家含笑稱是，當代藝術嘛，崔西艾敏展出過自己的凌亂床鋪，杜象在便器上簽名，當然是，只是他接了一句，可是要當藝術家，你得做這樣的事二十年，五十年，年年想出一個主意，創新不難，但重複才是重點（當然你可以每年割不同動物的頭，世上動物那麼多，以後大家一看到動物頭就想到你，也算是成功藝術家了）。

有些名媛貴婦會在衣服上掛小吊牌，我看過一個紀錄片，大亨的妻子展示她絕美的高級訂製服收藏，她有專門管理衣服的女傭（近似圖書館館員，但應該有趣得多），每一件上面都有手寫卡片，寫著穿著去過了哪裡，那場合有誰（當然也不是所有人，就是那些真正重要的貴賓，人的階級無處不在，真正的權貴，就是大亨的妻子不好意思在你的面前穿同一套禮服兩次），以免，你也知道的，讓人覺得「她老是穿同一件衣服」。

但人最終都是會老是穿同一件衣服的，起碼，在他人的印象裡，奧黛麗赫本就永遠穿著那件紀梵希的黑色小洋裝，瑪麗蓮夢露白色的裙擺翻飛，可可香奈兒的白色四口袋外套上鑲著黑邊，安迪沃荷戴著銀色的假髮，卡爾拉格斐梳著馬尾，安娜溫圖永遠都穿著同款式的 Manolo Blahnik 交叉繫帶裸色高跟涼鞋。（據 Manolo Blahnik 本人說，安娜其實有無數雙這樣的鞋，在高度與色調上有微妙的差異，不同的場合不同的季節，不同的膚色，她有與之相應的裸色調來呼應。《穿著 Prada 的惡魔》裡面的惡魔，有條愛馬仕的白絲巾做為招牌，這暗示過於明顯，那作者真是挖空心思要嘲諷前老闆，儘管 Vogue 的重要人士表示根本不記得她。）

卡爾拉格斐說自己一天要換三次衣服，從裡到外，但我一直想說有差嗎，他瘦下來以後，永遠是高高的襯衫衣領深色的西裝外套墨鏡過多的珠寶首飾以及露指手套，不管是在服裝秀謝幕，參加活動，或者，到熱帶小島度假（身邊的人都穿著小短褲背心只有他堅守自我形象，據說他靠游泳減肥，我非常想知道他是否穿著印有這些細節的潛水服下水，對他來說沒有所謂的度假look，沒有所謂的休閒look，他只有一個look而且貫徹到底，他摘下墨鏡被拍攝到的照片被當成奇聞軼事播放，你說時尚是要看場合打扮，可時尚大師本人沒在乎場合，他出現就是，有他出現的那個場合），他永遠維持這樣的卡通形象，他的打扮近似於蝙蝠俠，蝙蝠俠可以換人演，但意義上是一樣的。

我們不得不承認，每個人都有一個購物上的弱點，有人熱愛買鞋，有人喜歡買包，這很常見，但有些人更為專一，比如愛白襯衫，愛皮外套（皮外套是我本人，我上次數過我有五十件外套大概有一半是皮的，一年四季有三季穿著皮外套），或者喜好某種風格，喜歡極簡，喜歡仿古，喜歡某種特定的顏色，愛好某種材質，一看到就忍不住要結帳，導致衣櫃一打開都是相同的東西，安迪沃荷一次買二十件一樣的襯衫長褲天天換但天天看起來都一樣，便是此中的代表人物，他懂得塑造自己的形象，要看一個名人是否成功，得看有沒有人在萬聖節打扮成你。

很多女性說，她們跟老公男友去逛街，拿起一件東西問他們的意見，說好不好看，最常得到的答案就是：「這件妳不是有了嗎？」這是一個正常且合理的回答，對於連你去燙了頭髮都要提醒的人來說，他哪知道這些，只有真心愛好購物的人，才會知道這一件與那一件的細微分別，一件件的細微分別其實只有自己才能注意到，但購物的樂趣就在這裡面，這些別人看起來都差不多的細節，是自己開心的一個重點（還不就都是腦波弱的藉口，但要腦波弱也得頻率對啊）。

很多人不能了解的另一個境界是，為什麼同款要買不同色，或者同款同色的東西要買好幾個。其實這世上東西雖然多，但要找到剛剛好的，有時候很難，好比牛仔褲吧，如果買到穿起來好看的，往往會穿那件穿到天荒地老，不然就得同款買幾件做存貨，免得年年推陳出新，這東西以後就找不到了，同款不同色也是差不多的邏輯，因為款式要合自己的意其實沒那麼簡單，既然他那麼貼心推出不同色，不如全部買下來也放心些，免得回去日思夜想，當時為什麼不順便把藍的也買了呢？有些品牌年年出一樣的東西頂多是不同色，我一旦發現這東西放在我身上是對的，我就會年年去買。

有重複買的東西不是一種壞事，那代表某種品味上的成熟，我們一路摸索總會買許多不適合自己的東西，同樣類型的東西一買再買表示我們已經找到了自己的路線，清楚了自己的喜好，穿衣服是為了襯托自己，而不是營造一個百變的形象（奧妙的是，所謂的百變形象，也只是，一種形象），既然發現了自己最適合什麼，當然買東西時自然而然就會伸向那裡。

其實，認為別人會記得我們的衣服是否穿過兩次，很有點自我意識過剩的味道（還寫成小卡片咧，總統應該沒空記得你那件范倫鐵諾的禮服是不是在他面前亮相過吧，該擔心是否老是穿同一件衣服的人，只有三流的小明星，因為會被八卦雜誌嘲笑，大明星則早超脫了那個為八卦雜誌嘲笑傷神的境界），真正記得，我們第一次與誰見面時穿的是什麼的，只有我們自己，我就記得我人生中多次重要的初見面時穿的衣服（淺藍色的細針織V領上衣，還有一次是那件黑色的白橫條紋上衣），但我其實並不記得這些重要初見面時，另外那些人穿的是什麼。

重複是件好事，我喜歡重複，我有很多剪裁完全一樣的東西，我有幾十付同牌子的眼鏡，很多是同款但不同顏色，只有自己在乎的深咖啡淺咖啡黑色灰色大理石紋，我喝同一種飲料超過二十年，我找到一個髮型師就沒有更換的慾望。

重複最好的一點是當你今天完全不想在乎該怎麼打扮時，你有輕車熟路可以就這麼走，我發現我很適合Dior的西裝外套，所以我每季都去買。（重複的真實意義，不是說你買一件穿到破，而是買一大堆別人看起來都一樣的東西，我覺得穿衣服最重要的是彼此同意，如果這牌子的衣服就是不斷的同意你，那當然要跟他保持良好的關係繼續下去啊。）

一旦發現這個公式是對的，那就可以不斷的套用下去，天天挖空心思想要奇裝異服的人，最後大家也只會記得，哦，他啊，就是那個喜歡奇裝異服的人嘛。最後其實殊途同歸。

別人腦海裡的通訊錄往往只有你的一張照片，而一件事你重複得越多次，就越成為你的招牌，當然，很多事不是你頭腦裡想的那樣，你走錯了路，用錯了公式，也可能會一路錯下去，但錯到底也是風格，你當然可能找到對的答案，但那需要更多的智慧，愛因斯坦就說，最愚蠢的就是一再做相同的事，卻期待得到不同的成果，愛因斯坦大概不在乎打扮，打扮上重複做相同的事，得到的東西，叫做個人風格。

我最反對名牌

這世上有種人，常會以一種很清高的態度說，名牌有什麼好，然後批評使用名牌的人浮華，被商人當冤大頭敲詐了還不自知在那洋洋得意，真是一群傻B，像我們簡簡單單花小錢也可以穿出名牌的效果，最後再來罵你一句浪費，斷定你是個愛慕虛榮的人，然後回頭穿著她在電視購物一千六百八十元買六件的廉價醜粉紅小印花公主袖襯衫得意洋洋的走開（最後一句個人情緒是否太濃了點）。

我首先要說一句，我不會因為誰的衣著是便宜是貴而去評斷一個人的整個人格，為什麼卻總是有人要因為別人用了什麼名牌的東西，而來評斷那人呢？節儉是一種美德，你花一千六百八十元得到六件組上衣搞不好還送皮帶真的很厲害，但那是你家的事，我也不會因此當面勸誡你說你買的廉價衣物一定是來自不人道的血汗工廠，由每個小時領六美分的八歲童工用流血的手指縫成的（好啦，這樣就超過了），購買那種東西是新帝國主義的幫凶，而且你以為名牌毛利高啊，其實便宜貨的毛利說不定更高，因為它少掉了很多成本，再說你沒發現你兩邊袖子其實不太對稱嗎（還要補一腳就對了）。

再來說名牌的效果這句話，花小錢穿出名牌的效果很多人愛聽，而且實際上也有可能做到，但那只是搭配方法乍看下的相似，現在不只五分埔，快速時尚方興未艾，你走進 Zara 裡面可以看到所有品牌的款式一應俱全，Burberry、Chanel、Celine、Balmain 都栩栩如生，一件平價的名牌相似款可能真的很適合想要趕上這季的流行重點，然而又不想花下那麼多錢的人，要買那些真正的名牌砸的錢猶如在感情上許下長期承諾，所以所謂的快速流行就像一夜情，乍看之下很美好，但時間短暫，而且拿到陽光下仔細檢視會發現它的易破敗與不堪。

再說，如果你根本不在意名牌，那你也不會追求名牌的效果，只是覺得不想花那麼多錢罷了，那又說明了你這人的什麼呢？

其實，名牌這種東西，當然樹大有枯枝，不乏許多讓人一看見就想大叫「你誆我啊」的產品，不過，如果你深入的了解各個品牌，知道他們擅長的是什麼東西，就不會買錯，許多人對名牌接觸的第一步，一定是配件，但其實有機會的話，還真該體會一下名牌服裝穿在身上的感覺，香奈兒的黑色小外套永遠經典，Rick Owens 的皮衣、Lanvin 的洋裝、Burberry 的經典風衣、Dior 的窄身西裝，都是歷久彌新的好東西，投資在上面的承諾絕對不會讓人後悔。

一個人評論另一個人，不知怎的，滿身名牌是句有點負面的話，其實，了解品牌的精神，買到這個品牌最擅長製作的好東西，需要許多知識，許多對自己的了解，和品味（有時候名牌的衣服就是無法跟你達成共識，這點也很重要，要跟衣服達成共識），我寧願要一件好東西，也不要二十件便宜的代替品，最重要的，衣服不只給人看，同時穿在自己身上，冷暖自知。

必也正名乎

我有一個讀醫科的朋友，有段時間在跟人體骨骼奮戰，人有兩百零六塊骨頭，各有各的名字（除非像脊椎或肋骨那些，會在統一的名稱下編號），其他像什麼肱骨尺骨月骨豌豆骨，令人眼花撩亂，我說，不過就兩百零六塊，難道不能就編號嗎，從〇〇一到二〇六，他說骨頭不只是編號，這些名稱有其意義，名字比數字更容易記，記住了也更容易產生印象。

之前看過一個喜劇短片，演一個化妝品公司推出一個卡其色眼影，想給新產品取個名字的故事，所有可以用來形容卡其色的詞都已經被用盡，連沒什麼意義的完美、經典、神奇，這些詞都已經被用掉。就好像去挑選油漆，會讓人覺得替油漆的顏色想名字是一個專職的高薪工作，因為一個顏色得有一個名字，一個名字還得讓人聯想到與這個顏色有關的事物，得給這色彩多添點魅力，地中海、皇室、倫敦、熱那亞、加勒比，兩千種顏色有兩千種名字，一口氣列完可能可以成為一本詩集。

顏色尚且如此，氣味呢？其實香水的名字也是一個被拓展到極限的領域，從簡單的花名，玫瑰、梔子、紫羅蘭；到人名，喬治亞、查莉、席雅拉、可可；到不知道什麼意思的，沙丘、永恆、天使、異星；乃至於徹底顛狂的，冥府之路（是擦完以後不能回頭嗎）、兩人茶會、綠色蘇格蘭毛呢、白色亞麻、黑色喀什米爾（布料系列挺多的，大約是許多香水都是時裝公司所推出的緣故，而且英文裡擦香水是用 wear 這字，布料名稱算合理）。

到應該是想不出來所以亂取的，比如賤貨和小蕩婦，這兩款是真實存在的香水，還有男性香水叫做「種馬」。（「你身上好香啊，是什麼味道？」「小蕩婦，你呢？」「種馬」這對話合理嗎）。因而大家最記得的還是香奈兒的那款經典，簡潔的瓶身，簡簡單單的叫做，五號。（如果當時取了什麼繁星巴黎這種名字如今看來只像是一間過時的酒店，叫晨曦花園則有宜蘭民宿感，香奈兒果然最懂得流傳永遠這種事。）

當然了，在一切崇尚浮華的時尚界，什麼東西往往都有個名字，這些東西的名字可不是我們給自己身邊的物件取暱稱叫什麼小白或阿花之類，每個名字背後都得講出一個故事，說是牽強附會也好，但就是這些故事，這些名字，讓這所有的事情多了點趣味。

包包有名字，衣服有名字，鞋款有名字，有款鞋叫神魂顛倒，另一款叫靈魂伴侶，紅底鞋有一款叫高速公路，另一款叫公主，還有一款，叫做教育。（所以他們的鞋款命名，是採取一個沒有規則的路線就對了，看他們的目錄跟看洋片的英文名有什麼兩樣？）

當然，各款從以前到現在的當紅包包也都有名字，柏金和凱莉當然不必說，香奈兒的 coco 還有 2.55 還有 boy（叫做 boy 但當然不是給小男生拿來裝玩具火車的，來源是她的一任男友），Celine 有一款包包叫 luggage phantom，翻成中文就是，行李箱魅影（什麼啊？），Givenchy 有款包包叫夜鶯（還是南丁格爾？是護士還是鳥類？），Chloe 的鎖頭包叫 Paddington，大概來源是英國的地名，但我總想像那是用那包砸人頭發出的聲響，啪！頭腦叮的一聲高音，然後咚的倒地不起。

衣服當然也有名字，聖羅蘭的流蘇外套就叫做 Curtis，來源是個音樂人之類，Dior 推出過一個系列全用希臘羅馬的女神命名，朱諾上面就有類似孔雀羽毛圖案的刺繡，即便不是這些時尚品牌，運動鞋也有名字，愛迪達有一款 superstar，Nike 有不知道什麼意思的 air max 或 air force。不只單件物品，有時候一個細節也有名字，Valentino 大熱門的鉚釘叫做 rockstud，一款彩色鋸齒紋的圖案叫做 1973。

名牌除了替產品取名字，自然也理解替原料取名的重要性，好比 Chanel 有過一款頂級乳霜。說是裡面有珍稀成分是從哪個熱帶雨林來的神奇植物五月梵尼蘭萃取出來的東西，可以讓妳長春不老之類，問題是，梵尼蘭就是香草，就是做甜點的香草。（不過當然，把香草冰淇淋抹在臉上，除了會凍傷以外不會有什麼功效，因為一般的香草冰淇淋其實根本沒有添加天然的香草成分，倒是在迪化街中藥行或高檔超市可以買到香草豆莢，你絞碎抹在臉上看有沒有效。）

再來就是包包材質，如果是小羊皮、鹿皮、牛皮，當然可以光明正大的說是用這種材質做成的，可是如果那材質的本名聽起來不那麼稱頭的話，就會想個新名字（通常是法文之類），比如在國外，這毛茸茸的包包是 Lapin，其實 Lapin 就是兔子，還有之前 Gucci 出過一款珍稀材質的包包，我真的想不起來他們替那種動物取的別名，但事實上那種動物是土撥鼠，會直立站在大草原洞口四處張望的那種東西。

一個名字對不對，似乎是枝微末節的小事，其實不然，多少人在新生兒出生時找命理大師取名，就為他因此好像可以一生順風順水，我不知道名牌在為產品取名以及選定上市日期時有沒有算過，但總覺得取得好的名字，給一個產品多添了一層華美的詮釋。

有時候事物的本質不變，但是如果換個好聽的名字，你就不會發現它其實是再普通不過的那個東西，觸目美麗的名字，能讓本來就美麗的商品更上一層樓。取名字跟創造這些物件一樣重要，創造物件並賦予名字，隱隱帶有神話色彩了，我一直覺得藝術家的本名跟作品同等重要，趙無極如果叫做趙旺財，他還會成為藝術界裡的大師嗎？

小鮮肉與金華火腿

會想到這個，是因為去逛街看到一件衣服（是了，總是一件衣服），那是一件義大利品牌 D Squared 的春夏新款皮外套，由柔軟的小羊皮製成，顏色是天藍、粉紅和奶油白，形狀是棒球外套，剪裁極度小巧合身，我迫不及待的試穿了，穿完以後，忽然發覺，在這些甜美顏色的襯托下，自己黑眼圈很重，而且，儘管走的是合身剪裁，但我胸部那裡是空的（而肚子那裡則有點滿）。

一邊默默的脫下來（連店員也沈默稱讚我的話都說不出口哦），一邊默默的想，老早就知這品牌是小鮮肉穿的，何必跟人家湊這種熱鬧，但一方面又想，小鮮肉哪來的錢買這樣貴價的東西，難怪了，滿街穿著這品牌趾高氣昂的，多是經過千錘百鍊的金華火腿，他們練過醃過曬過，但不甘心在身上包裹大大的福字，所以穿上了小鮮肉專屬品牌，嚴冬也要在外套下炫耀深V領裡不合時宜的深褐色肌膚。

西洋有句俗話說裝年輕的女人，Mutton dressed as lamb，羊肉偽裝小羊排，是嘲諷這些人妄想靠打扮瞞天過海，明明是成年適合做咖哩燉煮的羊肉，卻要打扮成適合煎成三分熟粉紅色，搭配翠綠薄荷醬的青春小羊排，但我不禁要想，金華火腿是否深知自己是金華火腿而不再是小鮮肉？羊肉是否不是刻意裝扮成小羊排，而是他只知道小羊排的打扮方式？

這就是所謂的自知了，料理需要了解食材，做菜的人冷眼旁觀，放在砧板上在無情的廚房燈光下，是羊肉羊排一目了然，是小鮮肉是金華火腿旁人也一望即知，但身為金華火腿是否也有這份自覺？那就不一定了。

要做金華火腿，可不容易，得是所謂兩頭烏這個品種，五至九斤大小，只取後腿，經過醃製洗曬發酵後熟等等複雜工序，方得一只金華火腿，更別說那些連金華火腿也稱不上，只是滷蹄膀萬巒豬腳甚至沙茶貢丸的各種肉類了。很少人天生下來照照鏡子便安分的當顆貢丸，即便是只配絞碎，放在可疑熱狗或肉包裡的下水邊角雜料，可能也有著小鮮肉的自尊（或自我認知）。

自我認知這件事情是非常複雜的，如果人生是大觀園（它就是），每個人都有被分派的角色，是老婆子就該你做老婆子，可以夜飲聚賭，是春燕司棋就該乖乖當春燕司棋，可以在廚房之類的地方搞點戲劇化場面，比如為塊糕吵架或砸雞蛋，真要像林黛玉那樣吟詩葬花，寶釵那樣撲蝶，湘雲那樣醉眠芍藥，做的人也許自為開心，旁人看來則是丟死人下夕下井的事。其實再怎麼努力也不能讓你從老婆子進化為林黛玉，除非重新投胎。

想起小說《異常》裡的和惠了，她真是那本書裡最令人心碎的角色，她的整個人生就是一個截長補短的工程，做女學生不夠格當千金小姐，只好拚老命加入溜冰隊，做妓女太醜只好拿自己在大公司上班當作賣點，在大公司上班不受重視只好拿自己晚上有在做妓女來自我安慰，她的整個人生的痛苦，就在於沒看清自己應該怎麼料理。

做菜其實最重要的就是認清你的材料，什麼樣的材料適合怎麼做，怎麼樣的材料不需太多步驟才是最好，怎樣的材料需要精細手工，都是考驗廚師的事，有人說，物產越豐富的地方料理方式往往越簡單，因為天生麗質不需過度裝扮，當然，許多物產豐富的地方有更豐富的料理方式，因為有著文化歷史，和窮極無聊的人，但最終，還是回歸到材料上。

就像，不管怎麼調味吳郭魚就是不能清蒸，雞胸肉怎麼做就是柴。不管你再怎麼捶打揉捏，也不會讓你買的便宜部位豬肉晉身松阪豬，只要煎熟撒上岩鹽便擁有妙不可言的滋味，再怎麼料理施以巧手，那肉頂多變成川丸子，變成義大利肉醬，變成回鍋肉，松阪豬呢？則是天生成的。

有個研究解釋為什麼我們攬鏡自照時總覺得本人比照片好看，因為我們會帶著感情審視自己的鏡中容貌，加強那些優點，刻意忽略那些缺點，而在鏡頭的無情燈光下，是優點缺點都一視同仁了，因而我們需要手機裡的修圖軟體，對大部分人而言，那不是修圖，那只是，重現自己在鏡中看到自己的樣子罷了。

我常詫異於很多人對自我的想像，與事實差異之大，不是真心覺得自己好看的人，不會這樣上頭上臉的做盡那些只有美人能做的事，不好意思舉實例，就說他們葬花吧，有些人天天葬花日日葬花，不只葬花，而且還是那種風光大葬路祭綿延兩公里，沿路狂撒紙錢，大隊孝女白琴用麥克風撲地假哭，電子花車十台都請出來唯恐天下不知的葬，第一你就不是被分派到這個角色本來就不該葬花，第二真正的黛玉葬花，也不會搞得這樣盛大喧囂唯恐別人沒看見，西施捧心是偶一為之的美，東施也來捧本就不妥，還天天捧夜夜捧，想搞成地方文創商品兼出公仔和鳳梨酥，當然令人受不了。

當然，看不該葬花的人那樣拚老命葬花，也是有另種特異感受，以獵奇的角度觀看也無不可，因而有了目光和奠儀，一旦獲得目光獲得奠儀，那結果更加不得了，大家進入一個種善因結善緣的無限循環，捧人的人心裡都覺得我是好人，被捧的人則覺得自己真是大家的掌上明珠，越發覺得自己光芒四射起來，因而用更多新招葬花，來換取大家情感上的更多奠儀，就在大家的隨喜功德之下累積成無量功德大循環，世界多麼美好，人們多麼善意，玫瑰人生轟然響起，只有冷眼旁觀的人會偷翻白眼，你那根本不是葬花，頂多是賽神豬。

小鮮肉有時候反而沒有小鮮肉的自覺，但大家會覺得這種缺乏自覺好可愛，但金華火腿或貢丸認為自己是小鮮肉的這種缺乏自覺，可就不可愛了，大家看到頂多會心一笑，只是那笑是不懷好意的。

裝扮成小羊排的羊肉有時候不是存心欺人，而是在心底他永遠是小羊排，當然永遠要粉紅色的配上薄荷醬（或第戎芥末），許多人說人該接受現在的自己是最美好的自己，但其實我們每個人或多或少的都停留在人生的一個時間點上，對很多人來說不管哪個時間點之後，事實上又過了多少年，那個時間點永遠是現在，很多人的穿著風格永遠停留在一個年代，就是實例。

踏踏實實的知道現在是何年何月，而不是覺得自己放進冷凍庫就不會壞，其實需要對人生的高深理解，對鏡說出，我現在不能穿這個了，需要的是一種靈光一閃。好比絕代美女凱薩琳丹尼芙，她說，人年紀大了就得胖點，你得犧牲你的屁股來成全你的臉，這多麼透徹又多麼有趣，她一定是懂得烹調的人，老而柴的肉得搭上大量調味料和奶油來點亮味覺嘛。

自我認知錯誤（或者我們說好聽點，自我期望過高）這件事有這麼壞嗎？我並不覺得，如果你每天覺著自己是小鮮肉，旁邊的人也對你是小鮮肉這件事沒有異議（至少沒有在你面前提出異議，其實很少人會真的提出的，大家就是這麼善良），那你就以小鮮肉的姿態生活下去啊，這樣才開心，硬要逼人認清說你是金華火腿你是貢丸你是蹄膀，把人一一掃進正確的貨架，覺得自己是手持閃電照亮真相的正義使者，其實才真正討人厭，白蛇傳是個悲劇不因為蛇精妄想跟人戀愛生子，而是因為有個法海認為不可以。

永遠不知自己真實定位的人，跟確實知道自己定位的人，我不知道誰比較幸福些。（有此一說，最幸福的是那些真實地位比自己認為的要高的人，但這種人幾乎不存在，即使有也是假的，像便宜的牛排館裡其實全是組合肉。）永遠不知自己真實定位，而別人也不忍拆穿的人其實很幸福，也許別人覺得那自覺是假象，但對他來說是真的，那就足夠，東施捧心時一定也覺得自己沈魚落雁，也許真的魚也沈雁也落，只是是因為完全相反的理由。

是金華火腿或小鮮肉，有時候不是一刀兩斷，有時候是個人生的過程，啊，我也曾經是小鮮肉，金華火腿有時候也可能在心裡暗歎，然後還是打起精神穿上小鮮肉裝束出門，假裝那個自覺未曾發生。確實知道自己真實定位，透徹明白自己到底是什麼材料的人，我不太確定是不是存在，大多數的人就在自我認知與現實世界的落差裡跌跌撞撞，像一鍋滾起來的醃篤鮮，有小鮮肉也有金華火腿，至於我呢？該是其中可有可無的扁尖吧。

購物與人格養成

我那天在逛街時，一邊看著架上的衣服，一邊想著，我們買衣服不只是為了基本的衣服的功能，而是，這衣服應許我們可以成為什麼樣的人，我的人格，我的衣服，在接下來的這一季裡你想當誰？這是最好的衣服給你的承諾。

小說《控制》的女主角，有這麼一段話，她說，很多人會按照流行來改變自己的打扮，她則是扮演時下最流行的人格特質，她認識老公時，剛好流行所謂的酷女孩，所以她就扮演酷女孩。有心理學家說她呈現許多反社會人格的特徵，沒有真正的同理心或感情，她表現出的聰明迷人，其實全是掩蓋她用情感來操縱別人的工具，我是沒有每隔一段時間就扮演時下最流行的人格，但我發現藉由每季更新的服裝，每季都可以扮演不同的人，當然主軸可能不變，但每季都可以這樣一點，那樣一點。

購物時不只是你想穿什麼，更多時候是，你這一季想當個什麼樣的人。這聽起來多麼可怕，其實是事實，在無數的選擇裡面，有人太無力或太懶惰，所以每季都維持一樣的樣子，那甚至可能不是他們真正希望看起來的樣子，那只是，最簡便就可以達成的樣子，有人可能會辯解說他們有更重要的事要在乎，但身為追求膚淺無怨無悔的人，我想不到還有什麼比這一季能當誰更重要。（國際油價波動或人權之類的吧？即使是這個，那對我來說還是一個想當誰的問題，你想當關心國際政經局勢還是關心時尚流行的人？不能兩個都當嗎？）

你想當誰？你想讓別人覺得你是怎麼樣的人？要達到這一點，就是要靠消費，不只是單純的買，花時間也是消費，你花時間在反核在拯救流浪動物在爭取人權是一種，你花時間在自拍露胸部露出無辜表情也是一種，再怎麼樣你都會因為你的舉動而呈現某種樣子，所以購物消費，不只表達了你的人格，同時，也養成了你的人格。

看到一個訪問，文化人訪文青女神，問道，哪本書啟發你成為一個創作者？文青女神說她很喜歡這個問題，想了兩天，最後答了一本尼采的著作，而且還是書名特別長的那本，不只如此，她宣稱在讀那本書時，還哭了。我知道女神其實有偶像包袱，有形象人格要維持。

除了衣服以外，對萬事萬物的喜惡也是一種人格，就像少女偶像最喜歡的水果必定是草莓（這是沒得商量的，少女偶像最喜歡釋迦或龍眼或芒果你覺得可以嗎？那是地方水果小姐在喜歡的啊），政客宣稱自己是為了服務大眾而參選（那麼愛服務大眾可以去當志工啊，幹嘛花好幾億作競選活動），改建廟宇主委都說是神明託夢（最後一個比喻，好像不太對哦），女神做了他認為最適合的回答，只是，終究引人皺眉罷了。

這種書的問題其實很複雜，你最喜歡哪部電影，最喜歡哪本書，其實探人隱私的程度跟，你一個月賺多少錢，你一個月跟你的伴侶做愛幾次，是一樣的，而最喜歡哪本書和電影，所暴露的甚至更多，因為這簡而言之，就是，請你選擇一本書來作為，我們認識你的依據，選一本書，來代表你的人格。

像她那樣答一本超難的書當然可以，只是，沒有多少人會相信的，反而讓人覺得做作（當然做作也是一種人格），我不是宣揚做人要誠實不做作，而是如果要做作，就要做到完美，那需要的是高度的智慧，跟深刻理解時下脈動，才能呈現出最討喜的那種人格，答尼采只會讓人覺得你很用力的在掉書袋，進一步被人看破手腳其實你只是新一代的伊能靜（永遠的伊能靜），不同年代的玉女有不同的做作人格守則，凡是被看見手上用力青筋的，都算失敗。

這個問題最好的回答方式，其實是，當然，第一你可以回答一本真的對你影響很深的書，簡單的，不成熟的其實都可以，因為那是事實，如果你不想回答（因為那實在有種露內褲給人看的感覺，有些書也真的不好說出口，文藝也有潮流。說我最愛朱天文就顯得過時，好像披著條 pashmina 搭配晚禮服出席頒獎典禮一樣，你以為現在是一九九五年哦），就搞下笑帶過，比如回答《可愛巧虎島》，總比回答了尼采的著作結果被細問，最後露出馬腳來得強。

因為是文青訪問，大概不會問到喜歡什麼牌子這種事，不過我想女神大概會回答她喜歡在二手衣店挖寶，欣賞川久保玲用服裝表達社會議題，並展示她在用的布書包，絕口不提曾經為香奈兒拍攝過服裝專題這回事。

這世上最不酷的事，就是努力裝酷。

其實，衣服即是社會革命，什麼樣的衣服，養成什麼樣的體態，香奈兒影響了二十世紀以後女性的生活方式，八〇年代的狂飆氣氛養成的設計師像 Mugler 或 Montana，現在早就沒人記得，也不再有人穿那樣輪廓的衣服了（有啦，美式橄欖球球員吧），但在當時，那是許多人在做的裝扮方式，Hedi Slimane 永遠改變了男裝的輪廓線，容許我們對男子氣概提出更多思索，服裝養成人格是互為表裡的，你的人格選擇衣服，你的衣服影響你的人格，外界看待你的方式和你看待自己的方式，又互相影響，你每次逛街購物不是在買東西，是在塑造自己的人格。

時尚很喜歡講，如何打造、養成一個衣櫥，在基底上發揮開來（以人格來說，就是，在當個好人的前提下，你想做出什麼樣的特色），其實就是你想養成一個什麼樣的人格，你想呈現給社會看什麼樣的樣子，購物即是人格養成（或者說，購物即是人格塑造）。

在自己的城市中旅行

既然前面說過，我不是在購物，就是在購物的路上，我不是旅人，我是顧客。

以下這些地點，很值得用旅行者的角度好好來看一下。

後火車站

後火車站是我媽媽的地盤，如果你看到一個跟我長得有點像的太太在這裡逛，那滿有可能就是我媽，這裡是我媽買一大堆東西的地方。

後火車站非常好逛，很多在高級的地方買會很貴的東西，比如我以前都在弄頭髮的地方買造型、護髮用品，結果在後火車站便宜一半。不知道去哪買的東西後火車站都有，而且多半都很便宜，比如藥用玻璃瓶。

任何東西放在玻璃瓶裡都比較好看。幾年前圖文作家張妙如做了一個人體內臟娃娃送給我，那個東西除非裝在中藥玻璃瓶裡，否則要怎麼擺才會好看？

中藥玻璃瓶還可以裝廚房用的乾辣椒、作法用的乾玫瑰花瓣，我還買了那種很大的醃鹹冬瓜的玻璃瓶，在裡面放恐龍玩具。我把這些都放在一起放書櫃頂上，還在瓶子上面掛十字架和聖母院買的彩繪玻璃裝飾。

書櫃上面要放點高的東西。比如這些玻璃瓶、在巴黎買的聖彼得的石像，加上花瓶插樹枝。

第一次看到殺價成功是在後火車站，是我媽，顯然是在買衣服（而且大概是粉紅色的），我媽殺一殺老闆說不行，她掉頭就走，我想說這招哪可能有效啊！結果老闆竟然說好啦，就賣她了。那年我大概十二歲左右。

我小時候常常去後火車站，家中很多零食都是在那裡買的，那裡有那種專門賣日本零食的店。我們家中經常有許多零食，想必是因為我媽會覺得吃點零食也沒什麼，飯吃不完也沒關係，才藝不想學就不要去，所以我就變成很任性的人。

迪化街

迪化街是條你要到某種程度，才會理解它的街，因為很多裡面的東西你都不認得。比如做菜做到一個程度才會理解迪化街賣的食材，像是做西班牙海鮮飯的番紅花跟各式各樣的種子。從最簡單的綠豆到小麥都有，很多東西就算認識，也不知道要拿它來做什麼。比如為什麼有人要買小麥種子？

迪化街的建築很漂亮，但迪化街裡面我最不喜歡的店，往往都是那種走老屋翻新路線的店家。在那些老建築裡面賣跟迪化街不太相關的東西，也有些人會在那個建築裡面開假掰咖啡店之類，但連菜單也沒考慮到與這個地方的關聯性，總覺得不太對勁。

大部分老店家的老闆們還是都有種，我也不知道該怎麼說，應該算是威嚴的氣勢——看看我有這麼多排翅——跟去銀樓感覺有點類似，令人不由自主的想買比較大片的烏魚子。我去迪化街多半買些蝦米、松子，常常因而買了比較大的蝦米。其實我根本把蝦米當零食吃，還加進麥當勞的玉米濃湯。麥當勞的玉米濃湯很適合加蝦米（或者說人在昏沈的時候就是會想吃點過鹹的東西）。

以布料聞名的永樂市場也在迪化街一帶。那附近的布店也充滿一種淡淡的派頭，總覺得需要介紹信，好像隨便進去逛，對他們來說是一件很麻煩的事情。如果去布店我就想看到那種超乎想像的東西，以這一點來說，永樂市場周圍的布店比永樂市場裡面的還有意思。永樂市場最超乎想像的，就是做布娃娃裝的地方。

迪化街一直都是那種消失的密室，充滿了各種奧妙的東西，如果台灣有個地方有賣魔杖的話，滿可能就在迪化街。

信義商圈

仔細想想，信義區的特別之處不僅在於有走道可以防風吹日曬，更特別的是，它是一個世上少有的一直叫你買東西的地方。世界上其他有名的逛街區域，比如法國的聖歐諾黑街就沒有賣平價的東西，但信義區是從 H&M 到愛馬仕，從盤子到吸塵器，像是購物的磁場，就算一群人到了那邊，大家解散以後都可以找到地方去買東西。

信義商圈對我而言是兩天份的行程。信義誠品跟 A4 跟 Bellavita 跟微風算是一邊，那已經是一天份了，我現在逛完那裡以後已經不想再走去一〇一。

一〇一主要是去那裡的 Dior，這樣就會花掉兩個小時。也就是說，一〇一都是大店，得在那裡好好坐下來談這樣（是要談什麼）。

我在迪化街有遊樂感，但市政府到一〇一對我來說是公事，在信義區的時候，我是很認真的，通常是計劃要買什麼。在那裡是算數學——要買哪些，要決定這季買什麼，還要看下一季會上市的是什麼，到底要把腰收到什麼程度……逛街不是閒晃，是做正事。

大家都覺得買衣服是閒逛看到什麼就買，但我大概在半年前就會大致上決定我打算買什麼。三月的時候春夏裝都還沒買完，我就逼Dior的店員給我看秋季服裝目錄，因為我想先看六月上市的東西，才能對春夏裝做出最佳的採買決定。況且看了秋裝目錄，還會影響到時候要買多少冬裝。

所以，在信義區購物是計劃經濟。

高雄的百貨公司

以前住高雄的時候，距離我家走路不到五分鐘的地方有間百貨公司，那裡是我的 Tiffany。

我有一次搭電扶梯看到它們的愛馬仕專櫃陳列著一個凱莉包，我打電話給我朋友問她要買嗎，她說好，我再搭電扶梯下來的時候就沒了。

但高雄的確比較好調貨，我有個在娛樂圈頗有名氣的朋友，她有一次去高雄工作時逛了一下那裡的愛馬仕想買一個包包，店員說要訂，她就留了電話，過了一小段時間，店員打電話來問她買不買得到五月天的演唱會票，她說可以，結果就得到包包了。

Chapter 2

發瘋的女人最好命

紅地毯如做人，
讓人發出讚嘆聲固然是好，
但WTF可比單純的「嗯」或「喔」要來得有力多了。

Bitchcraft

字典裡沒有 bitchcraft 這個字，拼字建議我改成 witchcraft，witch 是巫，craft 是術，witchcraft 一字當然便是巫術（在這裡忽然英語小老師起來，不瞞大家說，我真的當過英語小老師，不只如此，我還是外文系畢業的），所以 bitchcraft 一詞要翻譯，就是婊術，在我人生中有無數的必取賤人，不得不好好的聊聊。

我最佩服的人是我的祖母，她把 bitch 一詞發揮到淋漓盡致，因此這詞對我來說，不是謾罵而是稱讚，代表的是一種生活態度。在我認識 bitch 這個字之前，我先認識了她。

不得不公平的說，我的祖母，容貌非常美麗，打扮起來華貴無比，講得一口讓人酥倒的台日國夾雜嗓音，雅好插花以及古典音樂（到她家裡，長年插著鮮花開著古典愛樂電台），嫁得好，生了有成就的孩子，美麗的孩子，她的一生順風順水，老公愛她入骨……但她對我而言，不只是祖母，更是一個啟發。

得知她過世消息時我正在買一件毛衣（仔細想想我人生接到多少重大消息時我都在買東西，委實可驚），聽到阿嬤過世我先大大傷痛以為外婆走了（阿彌陀佛請保佑外婆長命百歲健康安泰），本打算在服裝店不顧一切的倒地痛哭（我深愛外婆），我姊補充了一句，不是啦，是台北的阿嬤（我們用斗六阿嬤和台北阿嬤來區分外婆和奶奶），我隨即收拾心神說，是哦，然後買了那件毛衣（黑白條紋的毛海長版，讓我想到雨傘節這種毒蛇，雖然有毒但充滿奧妙的力量，跟我有時候想到奶奶的感覺一樣）。

參加她喪禮時，我心裡一直冒出電影《綠野仙蹤》的台詞（搭配曲調），Ding dong! The witch is dead，但我頭腦有點混亂，一直想成，the BITCH is dead。看到她其他的親戚晚輩在那裡痛哭流涕，我心想所以她也有愛過別人，也有被別人愛過，今日這些人流淚，是真真正正的愛她，不是做戲。她不是全然卡通式的 bitch，只是看人下菜碟，這點認知，讓我更佩服她了。

我認為她與我們的關係，比與任何人都親密，因為我們知道她不完美的一面，知道她的慾望與掩藏在完美下的火燄，我愛她，因為她是我認識的人裡面，最做自己的一個。在那樣年紀的女性裡面，有誰能像她一樣做自己？有誰能像她一樣，把人生清單一一打勾？有誰能像她一樣，得到所有想要的東西，被愛、美麗、豐裕，而且，還有人徹底的理解了她的為人？

我永遠也不會忘記每年過年在她家等吃飯那一葉扁舟在大海上的飢餓感，她有年拿出一包雞翅給我和姊姊吃，我們吃到一半，她問，好吃嗎？我跟我姊當然點頭，她一邊微笑，一邊用她那甜軟的嗓音說，是不是不太鹹？這是你們姑姑做的，是做給家裡的狗吃的，所以沒放鹽，怕狗掉毛，但獸醫說狗不能吃雞翅，怕傷喉嚨，所以就給你們了，我一邊笑一邊吞下去，那雞翅忽然鹹了。後來那隻狗走丟了，她說她傷心得幾次都夢見醒來都還在流淚，我個人，則是開心得要死。

跟一個明知不喜歡你對你沒感情的人，在那上演和樂家庭，實在很荒謬，但我們就這樣演了幾十年，我簡直無法想像智慧型手機發明前我是怎麼度過那些時光的（就是盡力的瞪著電視，小心翼翼的不把小茶杯裡的茶喝完，因為我不敢去回沖），我享受與她共演和樂家庭的每一刻時光，因為她是美麗又慈祥的奶奶，我們是承歡膝下的孫兒，我想她不知道，我深切的了解並佩服她的做自己。

她有很多可以炫耀的東西——她的廚藝、參加過貴婦的合唱團，但我最佩服她的，還是她堅持做自己的勇氣，bitch 就是 be yourself。

客觀的審視她的人生，她真的毫無不開心的理由，我相信她這輩子都是開心的，我沒有幼稚的怨懟或累積的不滿，我只是讚嘆她的人生總做了正確的選擇（簡直要唱起 amazing grace）。

你以為當個小公主就可以擁有完美人生嗎？不，要修練以下要介紹的七術。在背後說的壞話算什麼，被微不足道的人討厭，根本不重要。我對實境秀感同身受，但實境秀終究不是現實。在實境秀裡 bitch 會得第二名，但，在現實生活裡，她就是第一名。

她後來還當選了模範母親，有人的因故缺席，一點也不重要。

想必是她 bitchcraft 已臻化境，所謂的 bitchcraft 不是一視同仁的對人壞，那就只是單純討人厭或者反社會人格，bitch 是高度社會化的，他們知道對誰好有好處，知道對誰壞沒有壞處（甚至有好處），知道哪裡有軟土可以深掘，知道向誰發洩心中的不爽，知道向誰索討慾望之物，知道整誰誰不會反抗，知道自己的形象在哪些人心中重要，知道被哪些人討厭也不必在乎，這種全知性的不在乎某些人是否討厭自己，知道該對誰擺出什麼樣的臉孔，正是 bitchcraft 的精髓。

因而，就像電視劇裡演的，要成為超級女巫要精通 seven wonders，bitchcraft 也有七大絕招，精通這七大絕招你就能成為絕代必取，the supreme bitch，好女孩上天堂，賤人得到一切，為什麼呢？因為好女孩只是賤人的其中一種角色扮演。

一、探測術

Bitchcraft 第一式就是探測術，什麼是探測術？古代人會使用靈擺或小樹枝尋找礦藏（我有一次找不到手機，也在家裡用靈擺找到了），或者在沙漠裡仰賴駱駝，或者養豬來找松露，再不然現代機場都還有緝毒犬在搜尋毒品（最後這個比喻對嗎），搜尋到何處有資源比什麼都重要。

常有人批評別人現實，對他有好處的事情或人他才巴上去，但這是修練 bitchcraft 的起手式，比如如何找到有錢的另外一半，決定是否要多看看還是當下決定把注押在他身上，又或者一手摸上去就可以知道這件外套裡混紡喀什米爾羊毛的比例（最後這點我真的大概可以做到）。

我想來想去，要寫一個精通 bitchcraft 的代表人物，只有 Kim Kardashian，金卡黛珊，可以作為其中的代表吧，毫無演藝天份，不會唱歌也不會跳舞，當然也不會演戲（不會在電影裡扮演除了自己以外的角色），沒有時尚品味，但出大名賺大錢，推出個人的手機遊戲，登上女星的光榮聖殿，Vogue 雜誌的封面，成為近幾年來最會賺錢的名人之一，不得不令人佩服。

金的探測術出神入化，很少人知道她曾經是芭莉絲希爾頓的助理（精確的說，她當時的工作頭銜是衣櫃管理員），她用了跟芭莉絲類似的方法成名，即是流出的性愛自拍影像，只是她的內容更加重鹹，她好像那種武俠小說裡面偷偷隱身在少林寺裡面，學成一身好武功然後另創門派的奇人一樣（不太像《天龍八部》裡有大智慧的掃地僧，比較接近《倚天屠龍記》的火工頭陀），跟在芭莉絲身邊這段時間，她應該學得不少絕招，認識了不少人，最終為成名而成名，徹底的把前任老闆推入過氣的萬丈深淵，成為八卦雜誌的最愛。

她另一個探測絕招就是知道自己為什麼可以處在鋒頭上，她沒有真正的演藝作品，又不能一直流出性愛自拍影帶（那樣就是素人色情片了啊）。所以，她跑去結婚，大家就是愛看，從訂婚的大鑽戒，到結婚的誇張排場，到離婚的灑狗血劇情，她孜孜不倦的提供給大家，因為她知道這是大家想要的，人們總是想討論某人的婚姻嘛，為什麼不討論我的呢？最後她嫁給新任老公，著名音樂人肯伊威斯特，在義大利辦了無比鋪張的婚禮，因為這招，她登上了Vogue的封面，肯伊威斯特能給她更上一層樓的資源，所以她還生了個小孩。

如何探得資源並加以得手，正是探測術的精髓，探測術不只在大型的比如找到遺產或選擇伴侶上面，其他諸如找到交通工具、找到人來（免費的）修理或安裝各種東西、找人付帳，或出房子的頭期款，都是不可錯過的資源，找到資源並且確定其開採價值，是很重要的，有些沒有開採價值的人即使礦藏豐富，但要花很多功夫的話，不如放棄，找到十個容易開採的小資源，有時候能幫助你度過找到終極大獎前的那段時間，因而探測術是包含了測量斤兩、分辨難易，以及不羞愧的拿取這三個部分。

二、導向術

接下來則是導向術，什麼是導向術？這是一種操作，你人生中有沒有聽過很多次有人說「我都隨便」，但最後事情往往都朝向他想要的方向發展的？其實就是所謂的操縱別人，操縱別人聽起來很壞心眼，但我們其實或多或少都做過，比如電影《辣妹過招》裡的蕾吉娜講說，天啊我最近胖了好多，然後同桌的女生一時之間沒有反應，她稍露出不悅神色，女生們便如同大夢初醒，大喊說，沒有啊，你瘋了，你哪有胖，你根本就很瘦，這，就是操縱別人說出自己想聽的話。

講出想聽的話只是一個小成就，操縱他人需要高深的社交技巧，社會學家研究說，在人類社交發展的早期（就是在很幼的幼兒時代），有時候力大聲音大會取得優勢，但再大點這招就不管用了，取而代之的是比較複雜的情緒操作，好比他們做了一個小女孩的研究，小女孩跟另外一個小男孩一起玩一個釣魚遊戲機，小女孩沒有一把搶過去說這是我的，而是說「我們輪流玩」！她先玩了以後，跟小男孩說，那我教你，看似和樂融融，其實那個遊戲機有四分之三的時間都拿在她的手上。這個小女孩顯然前程不可限量，因為導向術的精髓在於不能顯露出我在操縱你的樣子，而是我們配合。

就像《控制》裡的愛咪如何操縱戴西，她在他的湖邊小屋裡裝扮成柔弱的金髮小花，只為了出其不意的把他宰了然後離開，戴西一定從頭到尾認為自己掌控了愛咪，但他從頭到尾都是錯的。

金卡黛珊有導向術嗎？當然，從她一次又一次的操縱結婚話題搏版面開始就是最基本的例子，她大概知道結婚會引發什麼話題，一切的討論，即使是謾罵，都在她的意料之中吧，她操縱的可是大眾的看法啊，這點比單純操縱一個人或一小群人，要厲害得多，因為像這樣的公眾人物，公眾形象即是一切，她能操縱眾人對她的想法，自然是箇中翹楚。

所謂的導向術，便是一種不著痕跡的操縱，讓事情朝你希望的方向發展，讓對話往你喜歡的地方進行，讓人以為他是自願在為你做你需要他做的事，導向術不是擺出支配的臉孔，而是擁有實際上支配的能力，這是更為委婉複雜的，所以不叫操縱術、偶戲術，而叫導向術。

因為你是引導他人作出你想要的決定。這點非常神祕，操縱別人，需要的是對對方的通盤了解，有時候是運用對方的罪惡感，有時候是踩上對方的不安全感，有時候則是單純的散發出一種領袖氣質，導向術能讓你不只在人際或感情上得到你想要的東西，甚至能在事業上獲得巨大的成功。

導向的三個部分，分別是，第一個，你的目標，永遠要知道你的目標是什麼，才能確保事情向正確的方向前進；第二個，是你要操縱的對象，知道是誰，因人而異的施以不同的對待；第三個，則是在事情完成以後，讓對方還覺得自己是老大，好比肯伊威斯特大概到現在都覺得自己在操縱金的打扮，其實，金利用了他，讓自己成為時裝秀前排的貴賓，讓自己的事業更上一層樓。

三、變身術

與導向術相輔相成的，是變身術，如果你這輩子都是個無害的小東西，那你就會被當成無害的小東西，被推來推去，新鮮時被捧在手心，勁頭過了就束之高閣，但你如果沒有無害的小東西這一面，那麼可能連被捧在手心的機會都沒有，所謂的變身術，其實當然，是融合了探測和導向，知道對方的資源和如何開採，如何操縱對方讓對方以為你是那個人，最重要的，你要有許多與之相應的面具與語言，傑出的女演員可以在不同的電影裡當別人，傑出的必取則在人生裡扮演不同的角色。

這已經接近反社會人格了，通常大家對反社會人格的人的看法，不會定於一尊，有人會說這人又兇又現實又霸道；有人則會說，怎麼會，我覺得他人很好很善良，既聰明又親切啊！這就是變身術了，在不同的人面前擁有不同的風貌，變化萬千，但萬變不離其宗，不是這個形象是可愛的，而是這個形象是有效的。有效，跟可愛，是截然不同的兩件事，好比少女偶像在電視上喜歡粉紅色和小兔兔，那不是可愛，那是有效，那是變身成大家想看到的樣子，所以報紙屢屢踢爆這些甜心是假面甜心或私底下煙癮大，這些私底下的樣子都不重要，因為被人發現私底下與螢幕形象不符，也是螢幕甜心工作的一部分。

我們都希望自己是那個表裡如一的人，但如果我們的「裡」就是這麼複雜，對不同的人有不同的臉孔，也是很正常的事吧？對待不同的人，就需要不同的態度，常有人批評某某是雙面人，其實這種批評是錯的，他不是雙面，他是四面觀音八面觀音乃至千眼千手，如果你覺得他幹嘛對你壞明明對誰那樣好，那代表在他的心中你是不重要的（也就是說對你好也沒好處），或者，對你壞也無損於他可以從你身上得到的東西。

變身術當然有些基本配備，一個是無害的小甜心（好比有人就是走我是大家的好姊妹路線）、光鮮亮麗的萬人迷、強勢的厲害賤人，以及如果你學不會當小甜心或萬人迷，這招最重要，那就是需要幫助的楚楚可憐，楚楚可憐這招也是大家對身邊必取最常翻白眼的原因，因為那種，我不知道，我做不到（臣妾做不到啊），在現在的世道上就是對很多人有效，如果真的沒效，厲害的必取會在你知道之前就放棄這招。

金沒有太明顯的扮過楚楚可憐，但她作為自己品牌的經營者，和作為一個花瓶太太，和作為一個實境秀明星，展現出來的也是萬般風貌，變身術不是人格分裂像《二十四個比利》那樣，而是看人下菜碟，在不同的人面前有不同的臉孔，像《紅樓夢》裡的襲人，在寶玉面前柔媚嬌俏，在王夫人面前端莊賢淑，她把做女人當成一個工作，自然需要出色的演技表現。

四、易容術

大家會覺得跟變身術好像一樣，但其實大大不同的，是易容術，易容術純粹是一種外表性的改變，別說外表不重要，外表太重要了，你的外表與穿著舉止，影響別人對你的看法甚鉅，我看到雜誌寫某女星今年可能會修成正果，忍不住在心中冷哼，看她出土的舊照片，就知道她從那時候的樣子，修得現在的人形也沒花多少時間，要修成正果也是指日可待。

易容太重要了，如果你覺得阻擋在你和你想要的生活之間的，是長相，那多苦多痛也該願意挨，痛苦是短暫的，但因為美貌而得到的好處，讓那些痛苦顯得不算什麼，如果你沒有其他六術，單單修煉易容術，就能修出一片天，這社會是現實又無情的，但如果美若天仙，就能通融。

當然不是人人都有適合變身成美若天仙的條件，因為那跟天生的骨骼結構有關，我們沒要求滿分，但從眾人不屑一顧的四十分，到可以多看一眼的六十分，從可以多看一眼的六十分到實在很想好好跟你聊聊的八十分，則不是那麼難以做到的事，我個人是毫不反對任何激烈的手段來達到這些目的（唯一的是你要做好研究，並注重安全性），最重要的，是要有品味，易容術需要品味，看到有些人頂著買錯的鼻子下巴滿街走，好想像時尚警察那樣在他身上畫上大大的NG字樣。

當然，你可能不想做那麼多侵入性的事，那也可以從基本的保養和穿著說起，香奈兒女士身材嬌小男孩子氣，在當時豐乳纖腰、裝扮華麗的交際花圈子裡似乎難有出頭之日，但她擁抱自己的特色，沒有把自己硬放進那個流行的體型和曲線裡，她創造了自己的風格和時尚，從依靠男人出資（兩位紳士為我嬌小火熱的身軀競價的結果），到成就全球的時尚帝國。

易容術有時候不是易自己的容，而是改變人家看待你的方法，因而，易容術看似簡單，其實包含了上述三術：探測術——找到資源（自己的與他人的）；導向術（改變大家對什麼是好看或主流的想法），以及變身術（從那是誰啊的平胸村姑，變成呼風喚雨的時尚女王）。

打扮就是最簡單的易容術，你的穿著往往決定別人看待你的方式，在習慣以貌取人的世界裡，穿著西裝的人都比較容易跟陌生人借到錢，在選擇穿上不同服裝的同時，你就決定了今天可能會遭到什麼樣的對待。

金卡黛珊的易容術是一個不斷前進的過程，她從本來更帶有民俗風味的臉孔，到現在已經看不出來是什麼種族，向標準的美女風格邁進（最近還把深色頭髮染成白金色讓人大吃一驚）。她的服裝選擇，從本來實境秀明星愛穿的緊身繃帶洋裝或大暴露，進化到現在的高級時尚品牌（其實往往還是大暴露，但現在她的大暴露是 Givenchy 或 Balmain 容許的大暴露，那在某些圈子的眼裡可是大大的不同），想到她總有一天會成為時尚指標，實在令人心頭一驚。

五、脫逃術

脫逃術是身為必取不可或缺的一術，因為你仔細想想，利用別人、操縱別人、對人標準不一、表現出不同的樣子，再怎麼厲害也會有被識破的一日，被識破的話可是要通通連本帶利還的，多年心血這樣付諸流水，怎麼可以，因此逃脫術格外的重要，像胡迪尼，你需要在有鎖鏈加身而有人正不斷的往玻璃箱裡倒水時，離開那個現場的本事。

脫逃術非常困難，但是用的情境很廣，有時候不只是因為你做了那些必取行為被抓包，而是單純的被抓，好比開車違規被警察攔下，或者犯更嚴重的法，都需要脫逃術的幫助（當然不是加速駛離那罪更重），無數的電影演過跟警察調情來逃過超速罰單，但我覺得跟警察調情或哈拉只為不被罰錢，還不如一開始就不要違反交通規則，因為違反交通規則根本不能給你帶來什麼好處。

是了，脫逃術的第一要件就是，盡可能不要讓自己陷進需要逃脫的情境裡面，像因為交通違規或亂丟垃圾被抓，在我看來就很愚蠢，那一點點的方便不需要用這點僥倖來換，我常覺得人能使用僥倖的次數有限，怎麼可以隨便浪費在交通違規或其他這種被罰幾千的小罪上面呢？

當然不只輕罪，脫逃術的精髓其實是要你小心的使用 bitchcraft 的招數，不要到處濫用，用的次數應該少而一擊必中，在不需要的人身上，你只要保持溫和的形象就行了（溫和而美麗的形象，易容術應當天天修練），其他那些探測導向變身，在真正需要的時候才拿出來，真正最好的脫逃術士根本不必脫逃，不要陷在鐵鍊加身或倒水的情況下，才是真正的脫逃術。

但我們一定有需要脫逃的時候，好比凱特摩絲曾經因為被拍到疑似使用毒品，鬧出一個大醜聞，當時很多與她合作的品牌與她解約，許多人都覺得她的事業已經完了，但在最佳的律師辯護下她無罪，這事件不但沒有影響到她，反而更加幫助了她的事業，脫逃術有時候不是自己一個人能做到的，你需要所能找到的最佳幫手，並且，把脫逃這件事當成一個成就，看看胡迪尼，他把脫逃當成一個終身事業咧。

很多時候，脫逃術不是離開那個環境或者什麼的，其實（為什麼會進入自我成長路線？）是源自你的內心，必取很少會遇到真的需要入監執行這種嚴重的大事，頂多是被揭穿以後受到社交封殺，或者壞事傳千里而已，這時候你就需要變身，變身成正面能量大使，說過去的我已經放下，從今天起我就是個好人（不過實際上當然有待商榷），不要想著去贏回已經討厭你的人的心，這世上人這麼多，你大可另起爐灶，而且這爐灶要是成功，以前的人說不定會回來找你，脫逃術，不只是不必負責任，追求的，是心靈上的自由。

更重要的，脫逃有時候不是推卸責任，而是根本沒有責任，你不在乎被討厭，才是真正的脫逃，太過在意別人眼光無法成為一流的脫逃術高手，真正的脫逃高手不需脫逃，因為被討厭困住的是討厭你的人，不是你。

六、遺忘術

脫逃術更進一步，就是遺忘術，遺忘術基本上是以上五術都練成以後才需要的東西，因為你如果沒有精通五個 bitchcraft，其實也沒什麼好需要遺忘的，遺忘術包含兩個層面，一個是讓別人遺忘，一個是自己表現出遺忘的樣子，但這兩者互為表裡，缺一不可。

前面提到金卡黛珊曾經是芭莉絲希爾頓的助理，但她自己根本不承認這件事，只有一些蛛絲馬跡可以讓人追尋，好比可以看到她開車接送芭莉絲的片段，還有經典的，芭莉絲在街上遇到粉絲要求簽名，她問對方說叫什麼名字，對方回答Kim Ho，她笑說，我也認識一個女孩叫作Kim，而且她還真的是個ho（ho這詞在國外有不雅的俚語意義，指性生活開放），曾經當過被老闆這樣看不起的小助理，她當然要遺忘這件事，而且，也希望大家一起來遺忘這件事。

因而，她從未正面回答過這件事，上面那些事情，只是一些無聊的軼聞罷了，她在這裡使出的遺忘術十分成功，更成功的當然是她遺忘了自己曾經流出性愛影片這件事，雖然性愛影片的男主角還推出一首單曲叫做《我先上的》，要怎麼遺忘？當然首先是自己不提，別人提了則要吞下來不回應。

金卡黛珊推出了一個讓她賺進大把銀子的手機遊戲，遊戲的目的是成為A咖名人，有許多荒謬的規則，包括打扮得好可以增加粉絲數（易容術！），跟名人交往可以增加自己的身價（探測術！），正確的回答狗仔隊的問題可以得到積分（導向術！），而遊戲的本質就是變身術（在遊戲裡變身成一個想向上爬的小明星，從小咖變A咖，完全是個變身術的過程）。

我一直在這個遊戲中找哪裡有當名人助理賺錢並學得經驗值，或者流出性愛自拍讓自己變更出名的選項，當然沒有，像她這樣精通各種 bitchcraft 的高手，當然不會在自己掛名的手機遊戲裡提起不光彩的過去。

遺忘術也包括令別人遺忘，怎麼忘？那就是不斷的用新的事件，層出不窮的轉移焦點，這已經進入幻術領域，魔術最重要的就是轉移焦點，發生了一件你不想提的事？先靜靜等待看有沒有人出更大的麻煩把你的掩蓋過去（永遠都有人會出比你更大的麻煩的，相信我），再不然就是你自己層出不窮，讓人眼花撩亂的注意你的最新動態，而不是朝著你不想再提的那件事情打轉。

遺忘術當然最簡單的便是選擇性失憶症，我不記得了，這件事情既然你本人不記得，也很少有人真的會追根究柢，但更高段的其實是轉移焦點和徹底的把這件事情從歷史上抹去，一旦目的達到，手段便可忘記，你越早說服自己，就能越快說服別人，更別說，人的記憶，本來就是不可靠的事。

七、重生術

一個必取的最大絕招是最後的第七術，重生術，這是前面六術的綜合，但不到最後危機時刻不必使用重生術，必取不死，只是重生，他們連凋零也不會，因為他們懂得易容，他們懂得變身，在探測到這些人事已無利用價值時，他們就要到達另一個新的地方，重新開始操縱導向，並且遺忘過去。

重生是很重要的，換張新臉是重生，改變交友圈是重生，找新工作是重生，有新對象是重生，往往是因為逃脫和遺忘，我們才有重生的機會，這一術讓人東山再起，讓人永垂不朽。

好比我的祖母，她老來去受洗信了主，又變個好人。

All the WTF in the World

很多人覺得我寫WTF是種批評，可能有一部分是，但，更多的是，我覺得便是這種時刻讓事情變得有趣，讓時尚變得光芒四射，你能想像滿街都是奧黛麗赫本的世界嗎？你想去到處都是葛麗絲凱莉的地方嗎？凱莉包在愛馬仕接受顧客訂製，我看過奇醜的配色其糟糕的質料選擇，但正是這些包包才充滿了生命力，如果都是完美的駝色牛皮黑色鱷魚皮，有什麼趣味？三色拼接鴕鳥皮的凱莉包除了讓人認知包主有多有錢以外（要是VIP才能享有此項服務），但看到花了這麼多錢，這世上所有的顏色，你偏偏選西瓜紅搭枇杷黃配芭樂綠再搭上金扣，不禁讓人想問你是否水果大王的千金，我認為美有標準，但醜卻有一千種一萬種變化，美令人讚嘆，但很多時候，醜怪讓人開懷。

所以我是懷著很大的感情在看待一切ＷＴＦ的事物的，這事讓人驚呼讓人想像不到，讓人有搜集的慾望，我有時想買怪異東西時，我朋友會阻止我，他說，如果穿這件，你不會想放一張海產或山產或卡通人物或超級英雄照片在你旁邊以資對照嗎？我心想，那其實也沒什麼不好，如果買衣服如同擇偶，大家不是說，最後都選擇會讓我笑的那個嗎？現在這件就很好笑啊我不買誰買啊。

聽過有人說，川久保玲是為了醜女和小胸部的女人設計的牌子，我個人不討厭川久保玲，當然一定也買過這個牌子的東西，但我買那些衣服並不只是因為我覺得這件穿起來好看，修飾身形，而是我覺得，穿上這個牌子讓我顯得更聰明了，好像深化的了解了時尚的歷史，穿川久保玲不只為好看，而為覺得自己好懂時尚的走路有風（這想法本身就笨得很）。

醜女與平胸專屬品牌這話雖惡毒，但不免讓人笑出，其實，川久保玲應該不是想說，對，小胸部和醜女就是我的客層，我要替她們打扮，去買這個牌子的人也不是想，我就是醜女或我就是小胸部，所以只好來到川久保玲，而是不管怎樣的人穿，因為衣服本身太過強烈，都會讓人只注意到衣服，不注意到人（或穿上了以後，你就是，穿川久保玲的那種人嘛，我看過雜誌做過這牌子忠實粉絲的訪問，我不記得其中任何一個人的長相，但我記得那些衣服，天啊，那些衣服，放在博物館裡展覽應該比較合適，川久保玲的奧妙在於因為她的設計，全新的也像在outlet買到的，不過從另一個方面來說，她的衣服一出立馬變收藏品，也是一絕），川久保玲的WTF是一種哲學式的，詩意的WTF，有人說她跳脫衣服的成規與宰制，是破壞，也是革命，但有時候在店裡看著她的設計，內心不禁想說衣服的成規有它的道理在，如果一個東西沒壞的話何必改它呢？

如果用冷靜的眼光看博物館裡會展覽的時裝，就會發現大多數的展品根本不適合常人穿著走在街上，博物館裡會展覽的時裝往往是最奇絕的，最極端的，最能代表什麼的東西，沒人想在博物館裡看見，比如說，一件完美的黑色毛衣，而這些博物館級的作品，搬到日常生活裡，其實往往就是WTF，這樣的東西不在剛上市時被時尚狂熱份子買走，就是流落到過季店讓人對著它搖頭（或者在不打折的那些品牌裡，面臨被銷毀的命運，品牌難免行差踏錯，有些品牌幾季的東西奇醜，我總想著今年銷毀的火焰是否燒得更旺些），所以以前我在時尚雜誌裡看過過季採購秘訣，其中之一就是可以藉此機會，收藏到奇特的秀款，因為，將來你有可能因此成為時尚藝術的收藏家呢（或者，單純只是衣櫥裡有很多無用之物的人）。

想想，我聽過很多人講衣服跟人之間的關係，Vivienne Westwood 沉迷於細腰豐胸腳踩高跟鞋的輪廓（最近她則開始沈迷於環保），因為她說其實人長得都差不多，所以穿上這樣的線條自然可以呈現一個美麗的女性姿態，知名的造型師 Isabella Blow 酷愛奇裝異服，她說因為我長得很普通，要人注意我只能這樣，Coco Chanel 則說，在任何的時候都應該打扮完美，因為你不知道什麼時候會遇到自己的真命天子。

到底誰對？在不同的場合下每個人都對，也反應了每個人不同的心理狀態，Vivienne Westwood 會這樣說，是在推銷一種美學觀點，Isabella Blow 的答案帶點幽默，但又反應了對外貌的不安，她其實是許多風潮的開創者，她過世後衣服拍賣，被一個富有的時尚名媛全數買下，維持收藏的完整性，也是雅事一件

（名媛是否私底下對著那些衣服發笑，則不得而知）Coco Chanel 一輩子想要戀愛，一輩子都在戀愛，自然時時作好戀愛的準備，她自知身形無法與當時的交際花抗衡，因而她貼身創造出自己的環境，自己的時代，當時習慣繁複華麗風格的名媛淑女們，看到她簡單的設計，也在內心用多國語言發出過 WTF 的讚嘆吧。

我最喜歡的品牌之一就是 Chanel，Chanel 最得我心的一點是它永遠有源源不絕的 WTF，現任設計師顯然深諳平衡之道，這個品牌有太多經典，完美的經典，影響現代女性穿著方式的經典，所以需要荒謬來讓人一季季對它保持新鮮的熱血沸騰，好比菜籃汽油桶、衝浪板、釣魚組與拳擊手套這些配件自不必說，連服裝都巧妙的抓住在完美與極度荒謬中的平衡，這並不是 Karl Lagerfeld 獨有的靈感，Chanel 女士便時有大膽創新之舉，好比略顯粗俗的大件假珠寶、在沙灘上的過分盛裝、不成對的耳環，一切配搭起來卻又那麼的時髦，因為，時尚其實需要一點 WTF 的衝撞。

另外一個理解WTF重要性的當代設計師，非Prada莫屬，Prada曾經公開表示過自己喜歡醜陋設計，七〇年代的壁紙印花、寬大的醫療制服剪裁、衝突配色的皮草披肩，WTF在這品牌的DNA裡，但正是因為源源不絕的這些，讓這品牌有趣，永遠讓人想知道它的下一步。

當然了，WTF有時候，對於所謂，這，不懂時尚的人來說，只是單純的荒謬可笑而已，被極度吹捧的設計、大膽的搭配，看在一般人的眼裡，只覺得幹嘛這樣，而且有時候距離美十分遙遠，近來時尚街拍流行，裡面在走秀，外面也在走，人人像是開屏的孔雀，爭先穿上那些最新的，最少見的，最大膽的衣服，只為獲得攝影師的青睞，有個英國的記者做了個實驗，以每天十英鎊的預算（因而他得在回收場裡撿東西）打扮，然後在時裝週期間，到秀場外閒晃（因為他顯然沒有邀請函）。看能不能得到街拍攝影師的注意，所以他身上披著垃圾堆裡撿來的青綠色假皮草，腰圍一個鉚釘腰包，手上還拎著個鬧鐘，就這樣登上了街拍的大版面，從此以後幾天他成為街拍新星，而他自己其實覺得，自己看起來像個白癡。

這對我來說是國王新衣的現代版，就像另一個脫口秀節目做的，他們到時裝秀外面詢問打扮得很潮的（自認）時尚達人，對一些不存在的設計師的看法，大家講得頭頭是道，喜歡這個品牌的剪裁啦，色彩與材質的混搭啦，甚至可以明確的指出喜歡哪一套，但這些品牌根本不存在啊，所以，有人質疑我是不是懂時尚時，我還真的得回答，其實我不太懂，因為，有誰能弄懂這個東西啊？如果只因為設計師這麼說，就按圖索驥的做起來，那也未免太簡單了吧。

一旦開始質疑時尚的意義，這一切就不好玩了，所以我們便就此打住，只是，WTF就是讓我頭頂升起大問號的東西，沒有這些問號，人生還有意思嗎，時尚還好玩嗎？當然不，那些做了WTF打扮的人，很少人是因為覺得，對，我這樣超醜的一定要這樣出門，大部分也是覺得好看，或者至少可以引人注目，才這麼做的啊，而在這之前這些人有個防護盾就是，這是時尚你們不懂啦，然後驕傲的聳聳肩，我做的，只不過是，冷靜的說出，咦，不懂又怎樣，從我的角度來說這樣的確不好看啊。

大部分WTF的都是所謂的個性服，但美人服才是衣櫥裡不可或缺的東西。什麼是個性服和美人服？這是我觀察路人、時尚街拍，以及逛無數的街得到的感想，個性服顧名思義就是，很有個性的衣服，飛鼠褲、不收邊的洋裝、多層次的搭配、奇妙的色彩組合、非常所謂當季的衣服（就是說過了六個月之後，你會想說我他媽當時在想什麼），穿上個性服感受到的，是種自由，是種，你看看我敢穿這樣出門的得意，是一種強大的時尚宣言（別人感受到的往往就是WTF啦）。

只是，個性服可以讓朋友開心（有時候也是微困擾啦，我跟朋友相約去看巴洛克時代的畫展，他就一身西洋古裝騎馬打扮來了，長靴紅外套帽子樣樣俱全，走在他身邊還真需要點勇氣，我第一個反應是幸好我們不是相約去看千年樓蘭女或埃及木乃伊，因為我相信他一定有看那些展的適合打扮），卻未必能引起你想吸引人的興趣。

美人服是什麼？就是那些讓你顯得美的衣服，別說，這世上真的有讓人顯得美的衣服嗎？還真的有，修飾身形、展露優點，每個人的膚色，適合不同的色彩，我想大家都有這樣的經驗吧，在購物時穿上一件衣服，圍上一條圍巾，忽然發現自己身段玲瓏，臉色白皙裡帶著紅潤（當然相反時也有，一件東西在架上看著還不錯，但穿在自己身上就是不對勁，臉色蠟黃，腰身多了一圈），這些讓你在鏡前如同魔法般變身的衣服，就是美人服，如果看見了，一定不能錯過。

更嚴苛一點的美人服不只修飾你，甚至起了點幫助你變美的作用，恰好合身的剪裁讓你少有變胖空間，恰當的顏色讓你更仔細的選擇妝容，甚至髮型，所以美人服太重要了。

美人服的功效可大著，它可以幫你找到工作，更可以讓你在覓得良緣的路上走得更順，但它自然沒有個性服那種，感覺自己走在時尚尖端的刺激感，或者表現什麼大膽的時尚宣言，美人服最大的宗旨就是你是主角，衣服是用來修飾你的。

所以，我們可以檢查自己的衣櫃，看看是個性服多呢，還是美人服多，我並不覺得一定要偏重哪一種，只是，衣服往往是人對你的第一印象，就看，你想給人哪一種印象了（我個人的話，是兩種都有，我的衣櫥呈現精神分裂的狀態，經典深藍色西裝外套旁邊掛的是流蘇皮衣，黑色克什米爾圍巾旁邊有三條 Prada 的彩色大皮草披肩，駝色雙排扣外套跟拉鍊連身褲並肩，我喜歡經典也喜歡有趣，所以我十次打扮裡有幾次經典，幾次瘋狂，還有幾次我不想在乎了所以隨便啦）。

我的 fashion faux pas 有很多，彷彿用洋文寫就比較高級似的，但其實沒有，不過就是失敗的穿衣經驗，我每每被說你自己也穿得不怎麼樣，其實不怎麼樣我覺得不是一個壞詞，說我穿得像路人，那當然對，我就是路人行人捷運上的民眾，要不然呢？其實，我個人有很多衣著事後回想起來，不是不怎麼樣，而是，你有事嗎，的那種境界。

我印象最深的部落格留言是一張圖檔，是我有天下午在某百貨公司閒逛時從我的左後方拍的一張照片，附帶說明是怎麼可以相信一個穿著吊帶褲的中年男子的時尚看法（其實那天我本來還想搭配一頂草帽，可是我忍住了哦），我看到那張照片的感覺倒不是驚慌，而是感到被愛，被路人拍攝野生鏡頭這種事不是明星待遇嗎？曾幾何時也發生在我的身上，當然還有就是我的無數醜照被一再的重發，我本想解釋那些造型，為何會是那樣，怎麼會變成這樣，但想想也不必了，穿上身就要認，的確有很多時尚災難發生在我身上，大多時候是因為，我想要讓它發生。

還是解釋一下好了，有些衣服不是我的，拍照時會穿些借來的衣服（然後因為攝影師會希望要多點選擇嘛，所以就會就借來的衣服，搭配出幾套造型），或者參加活動，有時候衣服也是借的，比如我有一次跟一個偶像明星參加同一個品牌的活動，他們借給我超好看的一套休閒外套搭配牛仔褲（牛仔褲拉鍊打開裡布還有 logo 超厲害的），我非常喜歡。

結果偶像明星得到的是白色的西裝外套，穿在他身上令人目眩神迷（我一直偷看他的側臉，因為實在好不似凡人啊），結果就被說偶像明星的打扮才是參加時尚趴的正確穿著，而我看起來就像路人，但我很想跟大眾懇談一下，如果你是名牌你有一件白色的西裝外套，你會給路人甲作家穿，還是真的很帥又高的偶像明星穿？

就好像《慾望城市》的凱莉參加時裝秀時試裝時，品牌的人小聲說這件如果給海蒂克隆穿就不用改，因為我們基本上屬於完全不同的品種嘛，我覺得那天的打扮很適合我，因為我生來就沒有奪目的本錢啊。

再說，今天就算我們衣服對調（也不是說我們尺寸是一樣的啦），大家也會說偶像明星穿這麼休閒才是正確的時尚趴穿著，白色西裝外套穿在我身上，頂多是南陽的橡膠園富商（如果搭配圓型鏡片的墨鏡的話），連遊輪上面唱老歌的歌手都夠不上，但當然衣服在借的時候我都非常開心感激，再說，如果我不想穿誰能逼我呢？所以說衣服是借來的這種話不能作為理由（就好像以前我常開玩笑說得罪造型師得罪造型師，但其實如果不是自己願意，也沒人拿刀架你脖子上）。

我自己買的話則追求有效果的衣服，是美肌還是特效則不一定，有些衣服就是特別有趣，看到一個很荒唐的東西在賣，會產生一股捨我其誰的感覺（到底這個念頭哪來的呢？），在架上有兩種東西會吸引我的注意力，第一個是我覺得我穿起來會很好看的東西，另一種則是怎麼可能會有人做出這種東西來不試穿看看太對不起自己了（有時候又覺得其實價格挺合理的然後就會擁有那樣東西），好比之前我去試穿川久保玲的大網洞風衣，為了讓手從正確的袖口穿出來，同時避免把衣服扯裂，還抽筋了，穿上以後我跟店員都結冰了兩秒，旁邊還有落葉飄過，因為看起來很像被網住的鮪魚（人在發胖時千萬不要嘗試網狀物）然後我們就當作什麼事都沒發生的開始試下一件了（跌倒擦乾眼淚再站起來這樣）。

我有很多 WTF 的時刻，但人生如果沒有我覺得也挺無聊的，因為人總有一天會學到什麼東西適合自己，但天天穿適合自己穿起來很合理的衣服其實也挺累人的，因為你就是打造了一個個人形象，而我總是希望時不時地打破一下那個個人形象，因為衣服容許我可以這樣一點、那樣一點，但還是都是自己，發瘋打扮時如果帶有一種明晰，對，我知道這是發瘋打扮，其實很有趣。

很多時候，WTF或發瘋有其正面意義，最明顯的例子就是碧玉的天鵝裝了，她穿著天鵝裝出現在奧斯卡的那一年，誰還記得當年的最佳穿著是誰？甚至，那年的最佳女主角是誰？都成為了「碧玉穿天鵝裝那年的最佳女主角」，那件衣服定義了那一年，定義了整個奧斯卡紅地毯的WTF，這種事妮可基嫚或凱特布蘭琪做得到嗎？甚至，可能是奧斯卡史上最讓人難以忘懷的穿著之一，如果紅地毯如做人，讓人發出讚嘆聲固然是好，但WTF可比單純的「嗯」或「喔」要來得有力多了。

Chapter 3

不出門

我是一個極度不喜歡出門的人，
在家能做的事很多，
能吸收的資訊很豐富，
因此，你很少會看到我走出家門。

不出門

如果你還沒發現的話，我是一個極度不喜歡出門的人，就像葛麗泰嘉寶說的，我想要一個人，傳說她晚年大隱隱於市隱居紐約，靠化妝和演技不被認出，我沒有化妝或演技，但凡出門我都以一種絕不會有人認出我的自信在路上行走，但我最喜歡的，還是待在家裡，在家裡能做的事很多，能吸收的資訊很豐富，所有我最知心的朋友都可以用網路聯繫。我很幸運，工作可以在家裡完成，因而，你很少會看到我走出家門。

我是一個，在不出門的人裡面，擁有最多鞋子和外套的人。

在一切都可以外送的時代，不出門的確是一個可能的生活方式，對於外送食物感到厭煩的人，也可以選擇生鮮食物外送到府的服務（然後在家自己煮飯），舉凡便利商店保養品書店，當然更別提網路購物，所有的東西在網路上彈指便可解決，送到家門口，一個禮拜都不出門對我來說並不是新鮮事，而且現在網路上或電視系統業者也有租影片的服務，我之前對出租影片卻步，寧可用買的，就是因為如果租，還得多出門一次去還。

我以前常叫一個二十四小時的速食外送，年終時還收到他們寄來的優惠券，說我是他們深為重視的顧客（沒想到吧，速食店也有集到VIP的一天），而且更誇張的是，我跟外送員當了朋友，我們還互加彼此臉書（到底為什麼呢）。我想，在那段時間裡面，最常見到我的人就是那個外送員，因而這也不算不合理。

我在整理發票時感到過一股寒意，因為每天的發票都在差不多的時間點，點著完全一樣的內容，我喜歡一個東西以後，感情是很持久的，就像我可以看幾百次我喜歡的電影或影集，因為知道結局是什麼，所以這樣開著我感到安心，我理想的深夜時段是，躺在沙發上一邊吃一塊炸雞，一邊看第八百遍的《六人行》，速食吃完以後點起薰香蠟燭，把那張DVD看完，然後上床睡覺。

我跟外送速食的關係並非一直那麼平順，有人說這公司的漢堡不會腐壞時我不在乎，說它肉類來源可疑時我充耳不聞，但後來這家公司把客服轉包到對岸，我不是不能習慣不同的中文腔調，而是我發現對岸對於客服這件事，跟我們有基本上理解的巨大差異，有了幾次跟他們客服對話的不愉快經驗以後（那我們就是這系統有問題兒那你想怎麼辦唄），有段時間我比較少跟他們來往，後來發現他們終於可以網路訂餐時我欣喜若狂（現在還有手機app咧），因為我常常有我今天不想跟人講話的感覺，在網路訂餐之後可以把跟人講話的機率降到最低，而且，再也不必跟客服溝通了。

我通常的一天是起床，閒晃一下，工作一下，再閒晃，煮飯，吃飯，看看電視，再閒晃一下（如果被逼得狠了，那就再工作一下），有人會感到那種要到外面去晃晃的慾望，但我極少有這種感覺，我一直覺得出門就是一件差事，所以其實住在哪裡對我來說影響沒那麼大，重要的是，我要待在我自製的環境裡。

很多人的休閒活動是看電影或逛街，覺得每個禮拜去看不同的電影很正常，對我來說，看電影是個要特地出門並做好相應打扮（比如攜帶合理的禦寒衣物、適合久坐的服裝、爆米花掉在上面也沒關係的服裝）的大事，說走就走的任何活動對我來說都有點為難，對我來說任何邀約都至少該在五天前通知我，並且我會在活動的一天前向主辦單位回覆（所以沒有，啊，我們今天約一下，那種事發生在我身上，因為我做不到）。

我即使人在外面，也心繫家中，好比有次我去看個很出名的很藝術性的舞台劇，那劇極其無聊（坐在我後面的名人在中場休息時開溜真是明智的抉擇），我一邊看著台上據說很實驗性的佈景與荒謬的劇情，一邊默默的想說今天電視上的《後宮甄嬛傳》要演滴血驗親那段大高潮耶，我放棄了滴血驗親來看這個！我不需要用看這老長的戲，來跟任何人證明我是個有文化素養的人啊。我想念我的沙發、我的大螢幕電視、我的滴血驗親啊！

當然這開啟了另一個疑問，既然不出門，那花那麼多錢、買那麼多外出服做什麼（有時候出門純粹是想試駕一下新買的衣服啦其實）？所以我在購買居家服睡衣時，都以一般上班族在購買上班行頭的心情在選擇（同時也因為，哦，這是我工作時穿的，所以在預算上放寬不少，好吧，不是不少，是很多，很多很多），因為成套睡衣，冬天搭上外加的長袍，就是我的工作裝扮，工作時理應打扮得體嘛。

穿著得體的居家服裝，在精心佈置的環境裡待著，做該做的事或想做的事，對我來說就是最理想的一種狀態。

理想生活與假掰生活

其實我在過去的幾年裡搬過四次家，說起來好像很漂泊不定，其實我簡直是隨身攜帶著我的真空膠囊，我帶著我的生態系我的天然棲息地搬家，我對於地板的材質（沒得商量的實木）、牆壁的色彩、燈，與傢俱，與擺設，通通都有明晰的規劃。

我做這些事時是有保留一點距離，但該怎麼說呢，就是品味或什麼的，不能太當真，太當真就不好玩了，有點像是那故事裡的農婦，終日下田辛苦流汗，幻想有天老娘當了皇后，就在樹下鋪草蓆躺著乘涼，然後大喊：「太監，去給我拿個柿子來！」世間教你如何生活的書，總讓我想到那故事中的農婦。

怎麼食才能表現品味，米其林指南不可或缺。為什麼感覺很粗勇的輪胎公司會和精緻美食扯上邊呢？在公司成立之初（差不多也是汽車發明沒多久的時候，當時開車很高貴的），為了增加輪胎銷量，所以推出。一星代表餐廳不錯值得順路前往，二星代表很好值得繞道前往，三星則代表不去可惜值得專程前往。不只要照著吃，而是要去吃了以後表示不如台南一條小街上的豬心冬粉才顯慧心獨具。如果在家自己煮飯，因為太假掰而榮登好萊塢最顧人怨女星榜首葛妮斯派特洛的食譜書是你最好的選擇，雖然那本食譜也有中文版，但我建議你買英文版比較拉風（而且菲傭也比較容易看得懂），書中充斥著貴到荒謬的有機食材和喜瑪拉雅岩鹽（其實就是拿來改善磁場的那種岩鹽燈吧）之類的東西，保證值回票價。

食的假掰不在精美，你以為用刀叉吃法國菜才較高級嗎？那你就柿子了。食的假掰在於簡素，你的菜上最好有洞，你的蘋果最好有點歪斜，因為那是有機，就像購買 Prada 的尼龍後背包一樣，買樸素的菜，因為上面有個有機認證。

最豪華的吃法就是適當的煮熟並灑點鹽，用素雅的餐具在恰當的溫度下端上。假掰的奧義就是你明明拼了老命但要看起來像是隨意組合成的結果。我有個朋友，每個週末由司機駕駛賓利，御駕親征至士東市場買菜。這樣一直講究下去，會養成一種市面上的東西便宜到不敢吃的驚慌。當你站在微風廣場的超市裡煞有介事的試喝橄欖油的時候，內心會有個小聲音響起——這樣是不是有點過了。

衣呢，假掰人不可不學會穿衣之道，不只身穿名牌披金戴鑽，還要表現出對服裝的歷史和藝術性的喜好，最好更衣室裡要放些跟時尚有關的書籍，因為假掰的人是不能沒有文化的。

最重要的，是你是否為環境盡了一份心。T 恤的棉從哪裡來？你身上的時尚是否來自柬埔寨的童工？當瑞典的時尚部落客在快速時尚品牌的工廠裡拍紀錄片大哭時，你就知道清醒的擇衣有多麼重要。

一切都有方便之門，假掰穿衣也不例外。比如我就是好想穿皮草嘛，但與不符合動物保育原則。所以時尚女孩理直氣壯的說：「This is vintage!」我個人相當質疑世上哪有有那麼多的二手皮草可以提供這一大批的時尚女孩。但就和食一樣，如果你認為你的身體是宮殿是豪門，那麼進來的所有東西當然都要底細清楚。

我上次去看一個服裝秀，發現坐在前排的女孩看起來都一樣。穿出自己的風格跟本是一個迷思，她們的共通點就是看起來很有錢，一樣的閃耀髮型、淺色服裝搭配、露出腿來，但沒有觸目的東西。如果你想追求這個 look，那千金髮型是一定要的。

貴婦百貨的老闆不是千金，所以她的打扮是有很多錢的中年婦女。真正的千金風是不露的孫芸芸——很貴的鞋子、很容易弄髒的料子，假掰的服裝訣竅在於乾淨，內在的，與外在的。

住自然要住得精雅，不然怎麼對得起你廚房裡的喜瑪拉雅岩鹽和衣櫃裡的香奈兒小黑外套呢？住的重點在於，你家裡的東西不可以通通是全新的，也不該在剛搬進去時最漂亮。很多人的家都是剛裝潢好時最漂亮，這是錯的，你的家應該隨著你的居住一步一步地散發出你的個人風格與特色，而不是隨時間堆積無用的醜物。

居家佈置是一門專業，真正的專家，會佈置出看起來像是在這住了一段時間的樣子，而不是，請問放射線科怎麼走。另一個訣竅是讓所有的傢俱與用品都有一個故事、一個淵源，這一點平民也可以做到。比如來自十九世紀比利時圖書館的書架，即使是複製品，也顯得獨特。

假掰生活來自於不太收納，因為你的東西都精挑細選可以展示，何必收納。（不要打開我的第三個臥室門。）

行我就不大懂了，最後一樣，假掰生活需要表現出一定程度的無能，得讓人替你處理某些事，有些事不知道不會，比什麼都知道都會更顯高級。（太監，去給我拿個柿子來！）

在廚房

我最近熱衷於做菜，不再（好啦沒有不再，應該是除了）累積服裝店的會員資格，我也擁有了魚店和肉店的會員卡。

廚房是一個配備齊全時你不需要，沒有配備時又很遺憾的地方，不管是是醬料、香草或是電器。尤其是電器，像我之前好想買一個昂貴的嵌入式烤箱，但那要把原來的微波爐拆掉再把烤箱裝進去，只好作罷。後來我就不再看需要用烤箱的食譜，但微波爐其實我也用不到，因為我不用微波爐解凍，也不加熱隔夜的東西。

我祖母以自己的烹飪自豪，她曾說過，所謂的做菜不是把食物煮熟而已。我記得她老人家還在時，對料理複雜度的堅持，她喜歡在這裡加一撮干貝，那裡炒完起鍋加料再拌，烤烏魚子要配上三種配料：蘋果、白蘿蔔和蒜苗，而且排盤要美如藝術品。

我一想到她就覺得餓，不是因為她烹飪手段高明，而是手腳實在慢，說實話，她做的菜雖然複雜，卻都是一個味道，因為等她完成全部的菜肴，準備一起上桌時，所有菜都已經涼掉了，每一道菜不管花了多少心思，俱是冷盤。我媽的煮菜哲學則是迅速，一切講究新鮮、快速。十五分鐘內完成所有菜色，每一道都在恰到好處的溫度、恰到好處的原味。說實話，她家常菜煮得非常好，但除了端午節的南部粽以外，我幾乎不記得她做過什麼樣有名的大菜（寫到這裡，眼前不禁浮現預知畫面：她看到這篇，就會打來說，你不記得我曾經做過什麼什麼和什麼了）。

於是我決定找有名的食譜作家，挑戰他們食譜裡的菜色。其實，就算不做菜，食譜也是一種很有意思的書本。食譜呈現的是當下的時代氣氛，是對飲食的不同想像，費雪的《如何煮狼》藉烹飪談戰爭時的物資缺乏；傅培梅的食譜代表了一種時代氣氛，茱莉雅・柴爾德帶來的是對法國的美好想像，所以我就以兩把刀、三個鍋，以及大量的自信心，口袋裡有手機（媽！汆燙時到底要水滾放進去，還是水冷時放進去？）走進了廚房。（對了，我上星期做菜時切到手大量出血，編輯的第一反應是「快把傷口拍下來，讀者喜歡血！」）

馬克白夫人

出於一種敬意，我決定要把傅培梅當成我第一個下手學習的對象，說到做菜就想到傅培梅，於我而言是按鈕反應。

傅培梅，人家說她是東方的茱莉雅柴爾德，同樣都從烹飪素人（更精確的說，她們本來都是某種女秘書）變一代大師，同樣都因為電視，對飲食文化留下不可磨滅的影響力。但，這話不對。因為，查查時間，她在電視上做菜的時間，可比茱莉雅柴爾德還早些呢（她在一九六二年底就開始在電視上教做菜，茱莉雅柴爾德則始於一九六三年，我很想聽聽星象專家對於在這麼相近的時間內，東西兩個烹飪巨星的同時崛起有什麼看法）。更何況，茱莉雅柴爾德專攻法式風味，但傅培梅的中國菜包含五湖四海，連西風東漸的菜式都有（好比她做的粵菜就用到許多西式材料）。所以，茱莉雅柴爾德，是美國的傅培梅才對。

及至開始翻閱傅培梅的食譜（我手上的這本是傅培梅的中國菜精選精裝本），才發現她老人家可真硬，每道菜不只份量奇大（所有的菜式幾乎都是十人份的宴席菜份量），油量很多（四杯油這種話她都輕鬆寫出），而且幾乎所有的東西都得從原料開始——要做蝦泥嗎？第一步是剝蝦殼挑泥腸；割包得從麵粉開始做；烤鴨得從宰鴨開始，食譜裡的步驟一是殺鴨拔毛燙毛，我不禁肅然起敬（好啦，是在內心暗罵，你說得倒輕巧，殺鴨拔毛燙毛不過六個字，做起來是多麼驚心動魄，而且過程之痛苦，不管是對人或對鴨都是），而且幾乎不管什麼都加太白粉（太白粉我買到的是樹薯做的，就是《後宮甄嬛傳》加在溫宜公主馬蹄羹裡的木薯粉啊）。

我深呼吸一口氣，採買大量的油跟一應備用材料，我選擇了兩道川菜一道湘菜：湘菜是左宗棠雞，川菜是宮保雞丁和乾煸四季豆，在閱讀宮保雞丁食譜時我猛然醒悟，其實這道菜就是炸過的雞丁跟黃飛鴻麻辣花生同炒啊，不過我不喜歡花生，所以做時就只放了乾辣椒，乾煸四季豆沒什麼可說的，就是炸過的四季豆起鍋後，和絞肉蝦米之類的佐料同炒。

煎炸時伴隨著油爆我的尖叫聲自然不必細說，重點是這兩道菜應該同一天做，因為同一鍋油只炸一樣東西未免太過浪費，炸完以後剩下的油還可以拿來再完成這兩道菜，要先炸四季豆，因為先炸雞肉油會比較渾濁（人就是這樣奇妙，買衣服時不曾被標價嚇退，但為了幾十元的油斤斤計較起來）。

然後，是左宗棠雞，這道菜不是用乾辣椒，是用去過籽的生辣椒切段，我看到去籽時內心妙麗式舉手說我我我，我知道，因為辣椒最辣的地方是籽！所以要去！所以就帶著這樣得意的心情，把辣椒剖開然後用手把辣椒籽拔掉，並自豪於自己的嘗試跟敢於用手。

做完這道菜，的確酸辣鮮香，我個人沈醉其中，但覺得手有點異樣，似乎接觸過辣椒籽的地方有點痛，我不以為意，用水沖沖手就算了，但痛度不減反增，握冰塊也沒用（後來發現握冰塊其實會加重疼痛程度），接著我便開始瘋狂的用洗手乳肥皂洗碗精洗髮精（試試看嘛誰知道呢）洗了一百次手，結果一點用也沒有，隨著手上的辣度逐漸增強，我慌了手腳，開始上網查詢「辣椒辣到手」這種白癡關鍵字，結果想不到很多，眾說紛紜，但大家似乎一致同意用酒精。

所以我便一路成龍式甩手（你知道的，就是成龍電影裡他打完人以後不是都會演很痛在那甩手嗎），一路跑到藥局，說，我要買酒精，藥師高深莫測的看我一眼，說你要做什麼，我說我被辣椒辣到手，他說酒精沒用，要用濕紙巾均勻的擦乾淨，所以我便買了幾大包濕紙巾回家使勁的擦。

不擦還好，一擦那辣椒的辣度均勻的分佈到兩手，本來只有指尖作痛，現在變成全手像浸在辣油裡面一樣，痛感伴隨著層次分明的熱度波動，精彩萬分，此時我一邊在內心把所有學過的髒話都罵過那個兩光藥師一遍，一邊再度跑到藥局，對藥師大吼，你給我住口，拿酒精給我！（好啦我希望我這麼做，但我還是客氣的小聲說，我還是買酒精好了。）買回一盒酒精棉片以後我便細細擦拭，桌上堆起小山高的酒精棉片，終於，手不痛了。

我跟朋友分享手被辣到的經驗，大家都以一種這是流傳已久的常識的口吻說，你不知道哦，辣椒去籽要用刀尖不能用手剝啊。是哦，我其實知道，我只是想說，要怎麼最才能讓這個經驗變得更充滿樂趣更刺激，廢話，我當然他X的就不知道才會落到現在這副田地啊（甩手）！

莎士比亞的悲劇裡，馬克白夫人是個代表性的人物，她因為被罪惡感折磨而產生精神病，每天不停洗手，而我呢，本來打算當一個晚上的傅培梅，卻當了一個晚上的馬克白夫人。

買菜

《隨園食單》裡面講到烹飪牛肉要善買，在他的眼中，牛肉的烹飪方法比不上買到好原料重要。我其實很少上菜場買菜（主因當然是大部分的菜市場還是早上開，而我從來就不是早晨型的人），我買菜是採取訂購方法，讓他們每個禮拜送到家裡來，我挺喜歡這種方式，因為每週打開都是一種驚喜。

當然，我不會挑菜這是一個很重大的原因（挑菜似乎是一種成長的重大進展），我去買任何生鮮多半對老闆呈現絕對的信賴，買水果時我一律誠懇的望著老闆，說「請你幫我挑」，我再怎麼搜尋挑水果的方式、怎樣敲西瓜算是熟、怎樣的梨子才會甜，都比不上賣水果老闆的經驗，大多時候信任別人是有好處的，比起每一刻都不相信人，不如先給人一次機會。

其實我第一次買的東西，多半如此。只是如果想騙我，也只能騙我一次，上次在花市買的昂貴插瓶連翹其實根本早就開過花，是該丟掉的東西，我以為是花苞的其實是葉子，那個老闆娘竟然原價賣我，她大概覺得反正我不懂，所以騙我也只是剛好，但我從此再也不去也是剛好，她沒想到這麼定期的去買花的人對自己的生意有幫助，而且如果那次叫我不要買，我從此會變成常客，因小失大莫此為甚，我跟連翹或許剛開始真的不熟，但我知道什麼叫做生意的道德，少了這一點，對我來說就是全面破產，我不會再相信你說的任何一個字。

我很信任現在我買菜的公司，送來的東西沒讓我失望過，最棒的是會收到自己絕對不會買的菜，拓寬味蕾的領域，我從不特別註記我不吃什麼，因為我覺得每週開箱看送來的菜是什麼，其實本身就是個好玩的挑戰，當然，品質好的材料做起來的確有趣，如果品質好，簡單的料理方法就可以了，看看這世界上物產豐富的地區，他們的烹調方式多半簡單隨性，若烹調方式奇巧複雜，也許是歷史悠久人無聊，更有可能是物產缺乏只好多動點腦筋。

讓人整批送菜來更好的原因，是你省掉一半今天要吃什麼的煩惱，所有的主婦都有今天要煮什麼的煩惱，送菜來反正每個禮拜都不一樣，倒像《紅樓夢》裡準備賈母的菜，用水牌寫了天下菜蔬的名字天天轉著換。如果只在自己的安全區域裡買菜，可能會忽略季節（現在的超市是很沒人性的地方，什麼東西幾乎都是一年四季通通有），但讓在地的農夫送菜來，你會知道什麼季節有什麼菜，從而吃到很多本來根本沒想過的東西。

我還是會上菜場補些材料，比如特別想做哪些料理，就會去買缺少的東西，如今還漸漸開始跟魚店肉店的老闆娘閒話家常起來，了解品質和價格，菜價肉價從電視上的民生新聞，變成與我切身關心的事情。我以前本來只是很會猜衣服的價錢，現在也可以上家庭主婦的估價節目了（其實不行，因為我買肉都不看價錢）。

Food Porn

有這一詞，叫做 food porn，food 是食物大家都知道，porn 一般譯作色片，大家也知道。但 food porn 並不是在對方身上塗果醬或奶油然後舔掉這種橋段，也不是就著對方的某部位吃上面成列排放的魚子醬（從來沒有過這情節！而且其實跟魚子醬也不搭，等於用吻仔魚搭魚子醬）。

所謂的 food porn 一詞出於一九八四年蘿莎琳柯瓦的書，《女性慾望》，用來描述把食物準備得美輪美奐充滿視覺高潮，引人慾望的那種照片或節目（就跟色情是一樣的道理，你碰不到吃不到，只能看）。

其實食物本來就深具性的意味，「料理東西軍」就是最經典的 food porn（而且當然，是日式的色情），大家飢渴已久，然後他們找來最新鮮的、最少見的，從這裡挖出來的、從那裡抓來的，在大家面前退去外衣，接著變身成另一個美妙的東西，先挑逗的讓大家略嚐一點，最後終於讓大家一窺內部，然後就是所有人的呻吟聲此起彼落，看一集「料理東西軍」得到的假高潮相當於看一部日本色情片（當然還有最後的杯盤狼藉）。

至於食物本身好不好吃？其實沒人知道，電視的來賓可能只是在展現演技而已，就像真槍實彈的色情片一樣（真槍實彈這點當然，也有待商榷），任何事一旦從觀賞表演或幻想，變成親身參與，你總會發現很多本來被美化過的部分，勞倫斯卜洛克的小說裡，女主角伊蓮描述3p，說現實生活中，女的在那叫個半天，而男的舉也不舉。

我在開始做菜前，總覺得做菜是一件很美很浪漫，甚至，很性感的事，因為我最喜歡的烹飪節目，就是奈潔拉主持的那一系列，她頂著閃耀的秀髮，光芒四射美若天仙，胸部呼之欲出，俏皮的舔著手指，我也期許可以做到這一點（哪一點啊？）但第一她是個女的，第二這世上沒有任何護髮產品可以挽救我的髮質，相信我，我試過了，更不要說我根本沒胸部了（彷彿沒胸部是這整個計畫最大的漏洞似的）。

但我總覺得，對啊，像那樣把手指伸進菜餚的原料裡翻動是一件很性感的事情，而且一切看起來輕鬆寫意，沒有東西會燒焦，沒有東西會夾生，最重要的，你永遠可以維持你的髮型，然後輕鬆的，光芒四射的，跟你請來的客人一起度過美好的宴客時光。

說實話，在開始煮飯之前，我大概做任何跟廚房有關的事一定戴手套，洗碗，洗流理台（既然不煮飯為什麼要洗流理台），生怕傷害了自己的纖纖玉手，而且我拒絕做很多事的理由都是「我不想用手直接碰那個東西」，開始做菜以後，把手伸進絞肉裡揉捏做丸子，或者切魚剝蝦殼挑泥腸都赤手上陣，因為不用手的觸感怎麼知道做的東西對不對呢？當你敢把手伸進絞肉裡做義大利肉丸時，人生便向前推展了一大步。

以前下午五六點我是準備打開電視看一些犯罪影集什麼的，看屍體被肢解，但現在我淘米下鍋之餘還要肢解我手邊的屍體，所以便無暇觀看影集。不過現在熟悉了一點，我會把 ipad 放在抽油煙機上面一邊做菜一邊看《識骨尋蹤》或者《美國恐怖故事》（看到第一季女主角懷孕吃內臟時，我還認真思考起要去哪裡買）。

在這之前玉米粉、太白粉、蕃薯粉、麵粉、麵包粉，對我而言各種粉都是白白的一包，而且屬於我永遠不會經過的貨架，擺著我才不在乎的東西，但開始做菜以後所有的粉在櫥櫃裡紛紛出現，除了以上那些粉，我還買了糯米粉，冬至時吃的湯圓我是用糯米粉自己做的。（玉米粉適於炸豆腐，太白粉多半用來勾芡，但有些油炸的粉料理也會放，蕃薯粉炸排骨酥的效果最好，麵粉很萬用，麵包粉除了炸豬排也可以放在義大利肉丸裡。）還有，我發現油炸東西讓我心情平靜，低溫油炸雞塊時我覺得自己到達禪定境界。

這是一個千古之謎，所有有煮飯的人都會重複使用他們的油，影集《六人行》裡喬依喝過莫妮卡放在冰箱的雞油，這件事我也做過，我小時候喝過媽媽放在冰箱裡的剩油（是油就不該用大玻璃杯裝啊），我曾經覺得我永遠不會幹這種事，但現在我的瓦斯爐旁邊就有一碗炸過東西，打算重複再用一次的油。

在這之前我的冰箱十分空曠，只有很多水、冰塊，以及無糖的茶飲料，因為太空曠，我還在冷凍庫裡放了一個外星人的塑膠小玩偶，跟偶然發現的人說我是在裡面重現羅斯威爾事件的場景（無聊！）。現在我的冰箱裡塞滿各種生鮮蔬菜水果，以及肉類，自己打開冰箱都覺得我真是個大人。

不只如此，比如欣葉台菜出的食譜，我也以一種在家裡我也能做的心情買回來，當然最重要的是會發現，外面的商業廚房跟家庭廚房做出來的東西，味道就是不同的事實，然後開始感到有點恐慌，外面的廚房做出來的那個味道是否正常，是否健康？這菜賣這個價錢合理嗎？

連計算數目的單位也跟以前不同了，好比，這個烤箱的價格相當於一件外套（一件很棒的外套），雖說它有自動清潔功能，容量超大可以烤全雞；買衣服時則猶豫，如果不買這雙鞋子我就可以買下全套的鑄鐵鍋（我想不管是在買鞋的場所取捨上或者買鍋的品牌考慮上，都需要反省一下）。

在做一餐的所有過程裡，大部分都是令人愉快的，從解凍到切菜（大力剁小排骨其實十分舒壓，我上次切大頭菜時還仿效女子網球選手吶喊助威，十分暢快，只是鄰居可能以為我有腦傷），乃至烹調過程，更不用說吃了，都有學問、有樂趣；但所有的烹飪節目，所有教你煮菜的書，所有有關烹飪的一切，沒有人提到洗碗的事（試想奈潔拉在節目的最後，不是艷光四射的偷吃冰箱裡的剩菜，而是戴上橡膠手套洗碗的畫面），烹飪是偉大的創造，但洗碗，洗碗是人生的繁難，連開門七件事，柴米油鹽醬醋茶，都不包含洗碗精。

《美國恐怖故事》第三季演到地獄，在那個影集裡面，地獄是你最不想經歷的事情一再的發生，永不停止，對我而言，大概就是水槽裡堆滿剛請過十人份的碗要洗吧（一邊洗，還有人從側邊再拿還沒洗過的髒盤子進來，所以鼎泰豐的洗碗工月領高薪我認為十分應該，百分之百的應該）。

我並不討厭清潔這件事，我要先聲明，我半夜睡不著的樂趣就是拿著科技泡棉跟一小碗水到處擦拭家裡細瑣的小污垢，看到污垢這樣消失，內心充滿無窮無盡的平靜感（想想那畫面有點恐怖），但我就是討厭洗碗，我到底是討厭吃完飯那種曲終人散的感覺，或者，油膩碗盤被手指觸摸的感覺（所以我永遠有兩副洗碗手套，這一副破了馬上可以換新，永遠要有兩副），再不然，就是我沒法從洗碗這件事上面得到任何樂趣。

那不洗碗呢？就放著不洗？那我可睡不著，有一次我決定不洗碗就上床睡覺，第二天早上醒來，本想臭著臉戴上手套去洗昨天沒洗的髒碗，卻發現碗已經洗好了！廚房還清理過了！我當時的心情感動到無法言喻，只有我一個人在家，一定是鞋匠童話裡的小精靈來幫我洗的吧！當然不是，是我在半夢半醒之間還是起來洗了，但不記得洗碗的過程，我希望每次洗碗都是這樣，可以不記得就好了。

之前有篇洗碗機的文章很受矚目，引起很多討論，我讀之，只覺得那作者滿頭大汗的，一直在他眼中好偉大的西方文明面前感到無比的惶恐，我當然覺得很不必要，買不買洗碗機其實是個信任問題，就你信不信任洗碗機能不能把你的碗洗乾淨，一個外國人說我們捨不得花錢，大家火氣就大起來也大可不必，德國自有住宅率很低我們還稱讚人家，可沒人鼻孔噴氣的到德國人面前說，哦，你們不買房子，就是捨不得花錢嘛。

我贊同一切讓生活變得比較簡單的科技，但洗碗機沒有解決我的問題，洗碗最討厭的地方並不是刷洗或沖水，而是提起勁來去把盤子上的殘餘物，做初步的清潔啊，而且洗碗機會順便幫我清理水槽和流理台嗎？這些可都是互相關連的環節啊，我喜歡煮飯，但我討厭洗碗。

前陣子做了一道酸菜白肉鍋，因為手上剛好有酸白菜，找到的食譜裡有川丸子這道，川丸子當然是從絞肉開始做，我買好絞肉，用食物處理機磨好花椒，醃肉入味以後加入一個蛋和太白粉，要開始攪拌致產生黏性，我一開始是用筷子的，但奈潔拉（不要問我為什麼是奈潔拉而不是傅培梅）性感的英國口音浮現在我耳邊，你真的需要用手來感受它的黏性，所以我便把手伸進絞肉裡，不瞞你說，那感覺還真噁心，我一邊攪著混了各種佐料的肉泥，一邊一次又一次整團拿起來摔回碗裡，廚房頓時充滿了啪啪啪的肉擊聲。

我以前高中的時候單戀被拒絕，在我個人的日記上，我把那個經驗描寫成，就好像，有人把你的心扯出來撕碎，再丟到你臉上，在做川丸子時我心想，其實那整個經驗就是，這，做川丸子。

然後我水煮了整大塊的五花肉放涼再切片，用雞骨頭熬了高湯，炒了紅蔥頭和酸白菜，最後把一切組合成酸菜白肉鍋，酸菜白肉鍋可能不是最性感的食物，不過在這樣的寒冬裡的確很合適，拍出來的照片極其家常，就是那種，你也知道的，所謂的素人自拍。

如果你問我那成品好不好吃，的確不錯，但其實我真的覺得有些東西可以到外面吃就好了，人們開餐廳是有個理由的，我們永遠也無法擁有像 A 片般的性愛，那是因為，A片裡的性愛是一種表演，就像電視廚師做出來的東西未必那麼好吃，你也沒法讓做出來的菜跟食譜一樣，食物造型師就是替食物化妝，讓他們能拍出誘人的食譜照片，包含亮光漆以及也許是沒煮熟的鮮嫩色澤。

我還是花很多時間嘴巴張開發呆的看電視上的 food porn，不過，就像做過愛的人會知道真實性交與色情片的差異一樣，做過菜的人也知道節目與真實廚房的差異。

息肌丸、血月魔法與體重計

以前我從來沒想過體重控制這件事。因為我多年來都瘦，認為自己擁有天賦的大吃也不胖體質，我可以盡情的食用這世上所有的高熱量食物，漢堡、炸的東西、甜點、一切沒營養點火就能燒起來的垃圾食物，而仍然被許多人嫌太瘦，我吃的東西不知道到哪去了，我真的認為自己的胃裡有一個黑洞，不管吃什麼，就是不會出現在我的身上，誰在哪部電影裡說的，一時貪嘴，一生肥臀，我覺得只是笑話。

然後有一天我就沒有了那個天賦。但當然我不以為意，還是維持原來超大食量的飲食，以及維持著買最小號的購物習慣，任何人跟我說我們牌子版子偏小我都想說再小我也不怕。當網購寄來的 Rick Owens 皮外套拉鍊拉不上的時候，我只想說，這牌子版子也太小了吧？而且不拉起來比較好看啊，我就這樣沒有拉起來的度過了幾個冬天。

當Dior Homme的店員告訴我，你要不要試試大一碼因為這款剪裁，要這樣比較順時，我不以為意（其實剪裁比較順根本是騙人的，真意是你就已經發胖到變成男裝四十六號了不必多說），而且還是硬買了最小的尺寸（我那天穿得厚嘛，事後才知，當然沒有衣服可以厚到讓你多上一個尺寸的，絕不可能，如果真有衣服厚到讓你多一個尺寸，那本來也就是不可以買的東西啊）。

我骨架不大，而且一發胖就顯在腮上這種無可遮掩的部位，等到我徹底發胖成為肥肥白白饅頭臉時（當時我朋友還捏我腮問我那是什麼，我回答他「嬰兒肥」），我就去燙了頭髮。

我覺得需要有個科學家來跟大家解釋發胖與燙頭髮之間的神秘關聯，不知道為什麼人在體重無法控制時，都很容易去把頭髮燙成大波浪（明確的原因是頭髮大了臉就小了，但真正的原因我不太確定）。兩邊剃乾淨上面大波浪的髮型，讓我認為自己仍然走在潮流的尖端（幾年前那很流行，其實仔細回想，根本是浮上水面時頂到大團海藻的海獅）。

體重的變化，也可以讓人領略名牌服裝的妙處，認為名牌不過是虛榮其實是錯的，良好的剪裁可以讓你擁有原來的腰身（甚至不是原來的，而是一個虛擬的腰身，因為這虛擬腰身我整個無法自拔，從店員僅說歡迎光臨到達他用簡訊傳新裝的照片來，到達他自動拿出飲料甚至食物，是經過多少的心酸，多少次把信用卡磨平啊），在很肥的時候有一次被稱讚今天看起來真瘦，我只回答他，你知道我花了多少錢在這件衣服上嗎？如果不能讓人在視覺上減掉五公斤有什麼好值得買的！

終於明白網拍賣家愛用的顯瘦款這種用詞是個事實，但如果只是靠顏色的切割只是視覺上的錯覺（好像之前看某女星演唱會她一升上來，我心想天啊她瘦好多後來發現正面的曲線是縫上去的裝飾，兩側全是黑布），有些剪裁良好的名牌，其實真的具有雕塑體型的力量，廣告裡的模特兒，既是品牌的理想形象，也是一個暗示，暗示只要穿上這牌子你就會擁有這樣的體型，所以我現在看廣告往往專注於模特兒的身型，跟我距離太遙遠的就不必試穿了。選到對的品牌，只要把外套扣子扣上一切都沒問題，解開就一秒變大肚的神奇魔法在我身上一再的發生（我有過去吃飯把外套扣子解開，被朋友說，你還是扣上比較好，這種親身經歷）。

在發胖時我還開始迷戀上三宅一生這個牌子（穿這牌子講起來好八〇年代哦），這牌子站穩腳跟的原因，我總疑心是因為懷孕的貴婦，貴婦懷孕時難道要穿草民的孕婦裝嗎？當然還是要名牌，像這樣有皺摺可以撐開的衣服其實十分划算，產後如果瘦不下來也可以繼續穿（也很多人果真沒有瘦下來），就這樣一路買到鑽卡資格，連懷孕這種巨大的體型改變都能接納的三宅一生，真的對人很好，不管胖瘦都可以穿，幾乎適合所有體型的人。

穿上這牌子的衣服，你的身體就變得沒那麼重要了，仔細想想是有傳統東方衣著哲學在裡面的，歐美和東方的古裝邏輯不同，歐美的服裝一路走來都在用衣服的力量控制身形、塑造身形，製造某種理想的狀態，而東方古裝常讓怎樣身形的人都看起來差不多。這牌子的縐褶衣隨身體流動，但又保有服裝本身的樣子（傳遞出來的訊息大約是，我雖然有點肥但我還是一個身穿名牌而且很有藝術氣質的人），鬆緊腰頭的皺褶九分褲簡直令人迷戀（還有皺摺連身褲裝，皺摺外套，皺摺的一切，直紋的皺褶修飾身材，而且可以大吃大喝，一切都被那些皺摺給寬容的隱藏了）。

但希望我瘦下來的人則苦勸我不要那麼常去三宅一生，他說那種衣服就是意圖使人放鬆的衣服，衣服可以分幾種，一種是酒肉朋友好比三宅一生，不管你發胖大吃腰圍劇增，他都忠實的順著你，守在你的身邊，穿上以後也挺唬人的；一種則是如魏徵那種諫臣，稍有行差踏錯他便翻臉不讓你把扣子扣上，好比那些剪裁的很窄管而不願添加鬆緊材質的牛仔褲，剪裁嚴苛的皮外套（以及很多其實胖起來穿上就會很可笑的衣服）。

我在巴黎的聖羅蘭（現在以極其纖細剪裁聞名的）第一次質疑自己的體型是否已經到達另一個世界，當時新大店開幕，店裡展售了前幾天剛舉辦完服裝秀，要半年後才上市的新裝，我試穿了一件極其美麗上面充滿破壞加工，挖洞處裝飾著精緻細鏈子的緊身牛仔褲，法國的店員以法國人特有的我就不相信你穿得上的高深莫測表情把那件牛仔褲遞給我。我穿上以後走出更衣室幾乎所有的人都為之讚嘆，不是因為有多好看，而是因為我竟然穿上了它，但我沒說出的事實是，第一我是在總店的巨大更衣室裡躺著把那件褲子拉上的（看著八面鏡子照出來躺在地上各個不同角度映照出來試圖拉上的倒影，感到一絲淒涼），第二是我不能蹲下或屈膝，因為一這麼做那些鏈子就會斷裂噴射而出成為殺人暗器，第三褲頭拉鍊只拉到一半，最上面的扣子更是提都別提，想到這件褲子曾經被人高馬大的外國模特兒穿過，而我穿起來竟然這麼勉強，不免使人驚慌，我終究沒買那件褲子。

回國後，站上健身房體重計時我簡直不敢相信自己的體重飆到這個數字，數度懷疑是不是體重計壞了，一定是健身房的陰謀吧，故意讓大家秤起來比較重才會發奮加買教練課，我所有的衣服都可以穿啊，除了腋下有點緊以外。

但當然還有很多事情讓我不得不正視自己的體重，比如某次的電視曝光（本來四比三的畫面拉成十六比九都拉寬了啊），無數各處的照片（沒辦法我不上相嘛），還有穿上泳褲時外溢的部分越來越多（最後乾脆不再游泳了），眼睛變更瞇，坐下來時腰可以捏出一大塊，最終的臨門一腳是，我開始不扣牛仔褲最上面的那顆扣子（沒有理由了吧）。

我終於決定開始控制體重，當然就像這世上所有的懶人一樣，我都相信一定有輕鬆減重的方式，我開始打聽我所有的朋友是否有在服食什麼秘方，然後試過所有據稱有瘦身功效的健康食品，連早上起來喝酵素這種事我都幹過，親眼看到有個朋友服用某種健康食品瘦了十多公斤，從中年停車場警衛大叔變成翩翩美男子之後，我就也立馬訂購了那個東西（而且還大量購買因為基本上我把未來賭在這上面），因為是紅色的，所以我就叫它息肌丸。

既然我有在服食息肌丸，當然可以維持原來的飲食習慣吧？吃了那個以後，我持續的大吃高熱量食物，因為我堅信吃那個會赦免所有堆積的脂肪，吃完高熱量食物以後搭配服用保心安，就像中古時代的贖罪券，不過，就像贖罪券一樣，那東西是沒有用的，我仍然在噸位上持續上升。

然後無意間在網路上看到血月許願這件事，包含燃燒神聖草藥、念誦咒語和用針刺手指取血（極為困難，我看過那麼多次電視上演滴血驗親以為很容易，其實刺破手指要有一種不顧一切的勇氣才能略為出血），我一邊覺得很瘋一邊默默的發現我已經把所有應用的道具都準備好了（但當然是帶著隨手可得風格的，好比神聖草藥我就拿花茶茶包來充數），實際作法時，我沒許任何其他願望，只希望，我能夠回復到標準的體重，而不要成為 B M I 定義下的胖子（好啦這是個謙虛話，其實要許願當然是許說我要光彩動人之類這種寫出來都覺得羞愧的願望）。

許願以後要把焚燒的灰加在沐浴乳裡洗澡，我在往身上抹加了香草跟海鹽的沐浴乳時，覺得自己是隻待烤的雞。

作法之後我在百貨公司的周年慶換得高科技體重計一只（巫術的道理果然玄妙啊），我成為了那種天天站上體重計的人，然後還開始了對自己烹飪的熱情，以及神秘的開始用比較小的飯碗裝飯，在我還沒明白過來前，我已經變成用小碗吃糙米飯還搭配很多蔬菜的人了，我的體重節節下降，Dior Homme 的店員開始說，因為最近的版型，你可能要穿四十二號（四十二號耶），現在的我，回到了標準體重，而且，不再吃宵夜了。

與最重時相比，我瘦了八公斤（但少了八公斤其實也不是我最瘦時的體重），一切都在作法許願之後，我得回了我的腰，我的下巴重現人間，喪失了燙大波浪的慾望，而且，我可以把之前所有拉不上拉鍊的東西通通拉到頂。

我並沒有分明的想開始不吃宵夜，只是吃了之後往往會有想吐的感覺（啊，午夜時間在馬桶前面細數剛剛吃了什麼的時刻，多麼令人印象深刻），我堅信是我許願極其成功，宇宙的能量也幫助我減重，但一方面也暗暗的擔心是否飲食失調，我問了我的醫生朋友，我有沒有可能染上貪食症或厭食症，他聽完以後冷冷的說，你這只是胃食道逆流，並遞給我一排健胃仙。

如果要問我瘦下來是什麼感覺，那我的答案應該是「很餓」。名模凱特摩絲說沒什麼食物的滋味比很瘦這件事更棒，但節食其實更讓我們在意每一口食物，有人做過研究，節食的人其實花更多時間在關注自己吃了什麼上面，每天想的無非是吃（好吃的人也一樣，這點倒奇妙的殊途同歸），窺探別人吃什麼，知道別人怎麼瘦的，進而知道很多本來根本不可能知道的常識。

好比雖然數學不太好但能背出全本的食物卡路里量表，雖然不熟悉生物化學卻能在一百公尺外分辨出這是澱粉那是脂肪，這對許多人來說已經是生活的一部分，你問為什麼要這麼痛苦，我覺得是因為在現代的社會生存，體重不控制在一個標準以內，生活本身，會比節食還要艱難。

我們對體重十分執迷，但又有著奇妙的雙重標準，有個名模說她走在路上，會有人對她大喊去吃個漢堡，她說她覺得這樣極度沒有禮貌，因為不會有人對胖子大喊你改吃芹菜和紅蘿蔔棒好不好，許多以豐腴聞名的女星瘦下來時，很多人會表示她其實胖的時候比較好看，但沒有哪個女明星發胖以後，有人以實事求是的口吻說她瘦的時候比較好看（因為大多爆肥的女星，讓我們面對事實吧，她們瘦的時候真的比較好看）。

所以那句話說得沒錯，在沒到那個年紀之前，千萬不要說自己是吃不胖的體質，從來沒想過會跟體重或把拉鍊拉上奮戰的我（第一次讀林真理子不扣裙子最上面鉤扣的描寫時，我還暗笑你這肥女人就不要買那麼小的尺寸嘛，結果自己後來也經歷過不扣牛仔褲扣子的時期），也還是跟體重啦拉鍊啦這些東西奮戰了。

我很想向那些高雅的名人說，對，我現在都吃讓我感覺好的食物自然地維持體型，但，我現在知道了，他們是在騙人，維持體重，本來就是一件讓人心慌汗流浹背的事情，看起來輕鬆自在，那只是一種演技罷了。

樂在減肥

我在女性網站寫專欄時，一沒梗就寫減肥。但我有段時間非常胖，當時還忝不知恥的接受電視專訪，導致後來很多人看到我本人都質疑我去削骨。

從插鼻管到與龍共舞

減肥對很多人來說是一輩子的事情，我永遠也忘不了電影《穿著 Prada 的惡魔》裡面的愛蜜麗因為感冒衰弱而變很瘦，女主角稱讚她變瘦，她講出的警句：「再一次腸胃炎我就達到標準體重了。」我之前因為趕稿所以暴飲暴食，有段時間變得很臃腫，但看完阿妹演唱會以後重感冒，又找回了久違的下巴線條。

最常見的就是不用澱粉減肥法，或者是交叉的減肥法，在一餐裡有吃澱粉，比如米飯或麵包，就不能攝取蛋白質（肉類等等），如果攝取蛋白質，就不吃澱粉，這算還滿健康的減肥方法，因為一整天算下來攝取的營養是足夠的，總比每天只吃菜葉那種方法來得實際，雖然要想說這東西是澱粉還是蛋白質有點麻煩，而且要向很多東西說再見，好比餃子、義大利肉醬麵，如果去吃牛排，就不能吃麵包、不能喝加上麵粉的濃湯，連玉米也不能吃，如果吃麵，只能是素的，不過這只算是輕微的犧牲。

在國外很流行的果汁清洗是在一周裡面只喝水和果菜汁，有嚴格的食譜，之前新聞報導有個女孩每天喝柳橙汁想減肥結果爆肥十公斤，因為果汁裡其實糖分很多，但果汁清洗法的汁是包含芹菜或薄荷等不含糖的蔬菜，而且最主要的是它可以促進腸胃的蠕動，幫助排出體內不需要的東西，很多明星都用這個方法減肥，但據用過的人的經驗談，這是一個會讓人厭世的經驗，伴隨而來的還有一種因為飢餓而產生的漂浮感。

我讀到現在最極端的減肥方法時大吃一驚，有些國外的新娘為了快速的在婚前瘦出最好的效果，會到醫院插鼻管，就像重症患者一樣，因為這種方法能嚴格的把每天的熱量控制在八百卡，又因為灌進去的是流質，所以不太會感到飢餓（好吧，鼻子裡插了根管子，再有食慾也被破壞殆盡了），據說成效斐然，一個禮拜可以瘦八到十公斤，但這法子實在一腳踏進了瘋狂的領域。

我記得讀過一篇報導，超級名模阿德瑞娜利瑪為了名牌內衣維多利亞的祕密服裝秀進行緊鑼密鼓的瘦身計畫，本來就已經美豔動人，身材曲線玲瓏的她，為了走這場全球有數百萬觀眾在看的大秀，與健身教練和營養師密切配合，這可不是吃吃水煮雞肉那麼簡單，在秀前的兩到三周她不吃固體，只喝蛋白質飲料和各種維他命，在秀前的十二小時，連水也不喝，就為了走秀時能呈現完美的體態。

先別跳進「為什麼要瘦才是美」這個爭論裡面，看到這個新聞我覺得非常開心，因為終於有一個名模承認「我需要痛苦的努力才可以看起來像這樣」，而不是傳統上女明星說的「我是大食怪我會這麼年輕都是因為保持心情愉快」（切——）。

馬克吐溫說過：「戒菸不難，我本人就戒過很多次。」同樣的句型，也完全可以用在大多數人的減肥上面，減肥是件絲毫不得放鬆的事情，達到標準體重之後，要維持在那個範圍裡面，也一樣的痛苦，因此許多人減肥變瘦，瘦而復胖，復胖再減，減而又肥，是種苦惱的循環。

減肥要健康，均衡飲食搭配運動這種廢話人人會說，但其實我們更愛聽的是那些痛苦而血淚斑斑的故事，好比餓到掉髮停經、吃藥吃到恍神昏暈，或更為極端的比如胃間隔或腸繞道手術，在看似警世目的背後，其實隱藏的是一絲「你看，老娘為了美付出這麼多」的得意。

減肥對很多人來說，其實就是禁食，中世紀歐洲有些女性，也為完全不同的理由禁食，聖薇若妮卡只吃蔬菜湯和幾顆葡萄，科爾托納的聖瑪格莉特除了乾麵包和一點點生鮮蔬菜以外，什麼也不吃，這些舉動在當時讓她們成為聖徒，在現代則會被關切的家人送進醫院的飲食失調門診。

中世紀的聖女們認為禁食是苦修的一種形式，除了對縱欲的羅馬異教徒表達反對之意以外，她們也認為禁食可以讓「頭腦更輕盈，靈魂更熱切」，剝奪飲食得到的是狂喜幻覺，多數的幻覺內容以和基督間的親密接觸為主，而且藉由這種苦修，還可以擁有無瑕的靈魂。

不過，對現代正在減肥的女孩們，談論到性靈上的提升或什麼幻覺狂喜的，只會遭到白眼，她們只是在追求一種眾所公認的美麗典型而已，纖細的女性形象不只稱霸了整個流行文化，對關注時尚的人來說尤為重要，許多流行風潮若非纖細體型穿起來就不好看，但卻少有不豐潤就穿不出效果來的服裝。

繼只喝蔬果汁或只吃肉不吃澱粉或把肉跟澱粉分開不同餐吃以後，最近席捲歐美（為什麼聽起來有種第四台減肥藥廣告的感覺）的新減肥法聽起來人道許多，就是一個禮拜有兩天削減攝取的熱量，其他時間可以正常吃喝，根據專家的建議，削減攝取熱量那兩天應攝取的熱量為平日所需的四分之一。

我想這個方法一定會有效，減肥除了提高基礎代謝率讓身體可以更快的代謝掉熱量以外，就是減少所攝取的熱量，攝取的熱量少了自然會瘦，而且推廣這減肥法的人還自稱說因為有兩天少取用熱量身體會從燃燒的機制轉為修復的機制，還可以抗老就對了，這我倒不信，哪來那麼好的事情。

當然，在減少熱量攝取的那兩天他有推薦的食譜，多半是蔬菜和蒸的蛋白質如魚或雞肉，天天吃這樣的東西恐怕人還沒瘦就先厭世了，所以這個減肥法之所以大行其道是因為他巧妙知道人很難堅持在一個計畫上，但五天正常飲食的罪惡感可以讓你持續兩天的節食，在餓得頭重腳輕的時候至少想想兩天就過了，而且也不是完全什麼也沒吃，只是減量，不至於像《新娘百分百》裡的茱莉亞羅伯茲說我從十九歲起就沒吃飽過，至少有五天是飽的，終於算是有人想出比較不痛苦的減肥方法，而且也受到一陣好評，好多人都說靠這招瘦了幾公斤幾公斤。

不過仔細想想，這根本就不是什麼新鮮的新發明，很久以前的港片與龍共舞裡面，羅美薇教張敏的減肥法不就是一三五隨你吃二四六不准吃嗎？這一週少吃兩天飯的減肥法其實還不就是這招。

對許多人來說減肥永遠是不停息的，光看暢銷書排行榜就知道，減肥永遠是最受歡迎的主題之一，而且妙在任何方法都有人信，好比從前流行過的手指纏膠帶減肥，當時許多女同學手指上都纏著一圈一圈的膠帶，最後的結果只是多買了很多沒用的細膠帶，沒有瘦下來一丁點。

其他像吃的更是只要有人說有效就會瘋狂的有人跟從，比如有人說吃油魚可以減肥排出脂肪，當時油魚就賣到大缺貨，我很懷疑那其實只是人沒法消化那魚的脂肪，單純拉肚子而已，拉肚子的確可以短暫減輕體重，不過大多原因是脫水根本多喝兩杯水就回來了，一點意義也沒有。

不要為了衣服減肥嗎

我在姊妹淘上看到一篇文章說不要為了衣服減肥，當然是比喻感情了，但說真的，我為衣服減過很多次肥（有些衣服根本是我減肥的原動力啊），有誰沒有在買衣服的時候想說，如果我瘦下來了就可以穿這件？（有時候真的謝天謝地瘦下來了，有時候則真的始終沒瘦下來體重還手刀快跑）。

最著名為衣瘦身的應該是香奈兒的設計師卡爾拉格斐阿伯吧，本來過重的他因為熱愛 Dior 男裝的纖細設計所以立志甩肉，不只請了專門的營養師還蓋了一個最適宜減肥溫度的標準游泳池供他每天燃燒脂肪，說真的，人的身體會隨著衣服而改變，我有段時間喜歡比較運動風的寬鬆服裝，腰圍進進出出仔細記錄我的每一次時尚演變，流行垮褲時的腰圍跟流行緊身褲時的腰圍截然不同，就連不同的外套剪裁也會影響我的身形比例。

為了一件衣服減肥，當然有值得討論的地方，但穿什麼樣的衣服，你的身體其實是會隨之回應的，天天穿緊身服裝的人難以發胖因為每天注意，愛上寬鬆服裝以後久而久之會發現身體隨著衣服也變成那種中廣體型了。

所以，我們無意識的會按照所穿的衣服，改變自己的體型，我建議大家永遠保留一件自己最理想身材時穿起來最合身的衣服，然後時時試穿它，這是最有效的維持身材方法，體型變了，衣服會告訴你，有個著名的芭蕾舞星說過，偷懶一天，沒人會知道，偷懶兩天，自己會知道，偷懶三天，觀眾會知道，用在維持身材上，也是如此，大吃個一兩頓影響微乎其微，但連續個幾天馬上就會顯示在腰上在臀上在臉頰上，本來穿起來最服貼的衣服也會馬上提出抗議。

所以，我建議大家在買衣服時永遠選擇最恰當的尺寸，不要預留什麼變胖的空間，如果衣服沒有空間，那你人自然就可以維持身材，為了一件衣服減肥也許太過辛苦，但選得對的衣服卻像是你的良師益友可以一直提供你身材上的忠告。

我們都有一個理想中的自己，為那個理想中的自己裝扮，是一件很合理的事情，當然，我純粹談的是衣服與體型，感情不是衣服，而是鞋子，鞋子不能修改，硬撐不是損鞋就是傷腳，所以不可取。

經歷過體型大變化的人，看到以前的衣服竟然那麼大或那麼小，往往有恍若隔世之感，也許在買的時候刻意買小一碼逼迫自己減肥是不必要（或者不願正視自己體型已經改變的事實硬擠進小尺寸也不對），但如果你想長久的維持身段，一直穿著合身的衣服自然體型就會適應那個剪裁，衣服除了本身的剪裁可以修身，其實更是一個隨時提醒自己體型有沒有改變的最佳工具。

最後，當你身邊的朋友或親密伴侶宣稱她要減肥時，切記正確答案不是提供飲食運動上的建議（因為她早就知道了），而是大聲驚呼：「妳明明就太瘦根本不需要啊！」

利於維持身材的居家環境

減肥比想像中有樂趣，我可以理解那些沈迷於減肥的人，因為長大以後立竿見影的事不多，但如果不吃澱粉，每天過磅時都會有種完成了一件事的小確幸。（小確幸！）

自己煮菜對減肥幫助很大。其實時尚不是一種生活態度，減肥才是，因為減肥這種事，不是說你減成功了就成功了。控制體重永遠沒有所謂「好了」的一天，除非你決定let it go。你有可能成功瘦下來，但維持也一樣麻煩，我之前瘦到五十七公斤吃了兩三週的麥當勞，迅速又變回六十二。

對減肥的人來說，如果在門口有過磅器，體重數字會顯示在玄關鏡上的話該有多好？在出門前顧影自憐時，看到鏡子上方用大字顯示出自己的體重，一定對減肥很有幫助。

控制體重的訣竅在於永遠知道自己的體重，我把體重計放在更衣室裡面。更衣室也是讓人知道自己胖瘦的一個好地方。比如我一直留著以前的二十七腰牛仔褲。（咦我丟掉了。送給親戚的小孩了。）

人生就是百貨公司

每個人的人格，是從採集這件事開始的。

一樣的路由不同的人走，會有截然不同的感受。如果我們到了熱帶雨林裡，只會覺得熱，看到的也都只是綠色。但對住在那裡的部落成員來說，這條路上充滿了食物和危險，那是晚餐，這是毒藥。

我有個朋友是鐵道迷，有一次他傳了兩張一模一樣的高鐵照片給我，問我覺得怎麼樣，我說不是一模一樣嗎？他說他運用高深的修圖軟體技巧，把高鐵車頭上的鳥擊污漬給清掉了，這種時候我很想給他看chanel包包的目錄。他天天在網路上貼火車照片，樂此不疲，在我眼中通通是火車，即使他告訴我，這種火車頭掛這個車廂很少見，我也只會想跟他說你知道嗎其實白色的 Goyard 包包也不常見哦，比如，一樣都是鍊條包，你分得清楚什麼是2.55，什麼是 coco，什麼是 boy chanel 嗎？你分得清楚柏金包和凱莉包嗎？（變形金剛的導演就分不清，女演員在片中叫手下拿資料，說在柏金包裡，但那分明是個凱莉包啊！）他一定會回答我「所以呢」，而我對火車的感想也是「所以呢」。

在一條路上每個人會看到不同的東西，對我而言，看到的永遠是櫥窗，跟，這裡可以進去看一下。就像我看到一個品牌推出萊卡相機專用的掛在脖子上的繩子，我就去買了，還買了兩種顏色，但我又沒有照相機。這是一種認知上的問題，對於對百貨公司不感興趣的人而言，這裡的東西他不了解也沒有興趣，逛百貨公司就只是單純的在空調很強的地方走路而已。如果說百貨公司裡頭有什麼地方是我討厭的，我討厭陪女生去買內衣，有點類似於吃素的人進入牛排館的感覺，大概只有在內衣區我可以體會到一般人討厭逛街的心情。

我以前想過，如果要找工作的話，希望能成為櫥窗設計師，因為假人不會講話。櫥窗跟博物館裡面的比如非洲象或原始人的情境展示，是同樣的東西吧。所以之前在大都會博物館看他們的服裝展覽時，我一直很想叫博物館的工作人員拿那件給我試穿看看（當然不可能）。

櫥窗永遠是種理想中的氣候，像原始人展示區裡牆上的晴天。理想中的，而且可能不是現在的氣候，通常是即將到來的季節。櫥窗是一種啟發，而且再度證明我在別章說的——什麼東西裝在玻璃裡面都比較好看。

最接近博物館櫥窗的商店櫥窗，是巴黎愛馬仕總店的三角窗，它是總店同時是博物館又是博物館商店（世界上最昂貴的歷史建築附設商店），那個三角窗是對一般觀光客來說也要看的地方，是個景點，通常都是跟哪個藝術家合作創造的，重點是你也買不到那個櫥窗裡的東西。那一格裡面的東西往往是為這櫥窗特別製作的東西，像上次我看到的是摩托車的皮製部分都是愛馬仕的，坐墊尾端還有翅膀，即使想買也不太可能買。

櫥窗就是一個舞台，是名牌展示的服裝背景，往往跟那一季的服裝秀背景是相關的，比如 Dior 就做過大花園，但是是靜態的，所以算是雕塑劇。

我個人會特別去看櫥窗的衣服的背面，看看有沒有夾夾子、有沒有用大頭針，如果有我就不會進去。因為我覺得如果你的衣服連你的假人穿起來都不合身的話，那就沒做到該做的事。

我拍過服裝單元，衣服的背面都是夾子，褲子上的大頭針多到無法坐下，所以我買衣服很注重背部，因為背部才是見真章的地方。好像林真理子說：「一般的良家婦女正面美，但藝伎連背影都完美無瑕。」

對我而言，完美就是看不到的地方。

後記 任性

我很喜歡看疑難雜症解答專欄，倒不是因為我有什麼疑難雜症需要專欄作家的指點，而是，我對別人的人生問題很有興趣，印象最深的一則，是在一個雜誌上看到的，一個人問，為什麼與我交往的人都不愛我，他說，他是一個聰明有禮、情緒成熟的人，連他的心理諮商師都稱讚他的高度社會化，但屢次被對象說，對不起，我跟你缺乏火花，而分手所以他懷疑到底哪裡出了問題。

他舉了最近的一次關係做例子，他的對象家裡總是堆著滿滿的書，他每次去都還得小心翼翼的移出一小塊空間來給自己坐，他總是表現得得體、開心、愉悅、正常、好相處，他是一個好人，但為什麼，人家老是覺得跟他沒火花呢？

在我到達回答那一欄之前，我已經在心裡跟這人分手千百次了，因為，他這麼在乎得體與情緒成熟，導致他變成一個很無聊的人，結果底下的回答讓我想跟那作者擊掌，作者說，你是個第一級的、使用者友善的、適合做深度談心與有趣小活動的人。但天啊，那真他媽的無聊啊。

沒有火花？你為什麼不為自己創造火花？每個人都該知道自己很重要、很特別、很有火花。當那個人說你沒火花要跟你分手時，你為什麼是好聲好氣有禮貌的，從他的空間裡離開，並且還期許彼此都成為更好的人？而不是把他堆到沒地方坐的書一掃至地上，大罵你這沒良心的混帳，你要火花嗎？現在這就是！

任性就是火花，但雞生蛋蛋生雞，究竟天生有很多火花的人，自然而然被環境允許出任性，還是因為天生任性所以火花自生，我當然無法回答，但我覺得最可愛、最令人喜歡、最令人佩服、最成功的人，多半有點任性，且不說偉大人物的堅持就是任性（根本就是，沒發明出電燈也不會怎樣啊愛迪生，你不覺得試驗上千種材料讓你的助理很困擾嗎？凡事適可而止吧居禮夫人，放射性物質好危險的啊！賈伯斯也該顧慮到員工和其他廠商的感受，不要一直推出創新的商品好不好）。拿最淺顯的選美例子來說好了，友誼小姐永遠不會是冠軍，因為只有不是威脅的人，才會被競爭對手喜歡。

有人一輩子都在擔心這樣是不是夠好，是不是討人喜歡，這麼做，會不會被人討厭，且讓我公正的在這裡說一句，人生於世無論如何都會被某些人討厭，如果因為這種不可避免的事情而瞻前顧後，就像到了巴黎因為下雨而阻止你出門一樣不必要，想要不被人討厭的人生一定活得很辛苦（而且還是有人會因為你很假而討厭你），堂堂正正的過著被人討厭那又怎樣的人生，你會擁有討厭你的人，想都想不到的自由。不被討厭的人生等於不存在，想想，墓誌銘上刻著，這個人在這一生裡都不造成他人困擾，該多麼令人沮喪啊。

任性很多人説不好，因為，會造成他人的困擾，在這極度不可以造成他人困擾的社會氛圍裡面，我們連博愛座都不能跨雷池一步，別人的困擾大過自己的，我覺得這是不對的，因為我這麼自我中心，當然覺得我的困擾比別人的重要，我解決了自己的困擾，才能接著看看能不能為別人的困擾盡一點什麼力嘛，我不喜歡為了讓別人開心而委屈自己，因為這是拿你的開心去送給別人，就算要送，也是要送心心念念愛的人，對我好的人，幹嘛要送給不認識，甚至不喜歡我的人呢？拿自己的不開心去換別人的不困擾（甚至他也不會因此而開心），相當於你犧牲香檳但對方只喝到氣泡水，很不划算。

細想想，我人生是很自我中心的，當然我知道我很幸運（以前老有人留言罵我「你的好運會用完的！」，我看到時心裡想的是，哦，所以你也覺得我很好運，對呀，我也這樣覺得），我一方面對這世界的態度是，你不伸展出去，也會有人伸展過來，在總是有人會比較伸展的狀態下，那個人為什麼不能是我呢？有人說當上名人以後，會有父子騎驢這種窘境，但我心裡想的總是，為什麼不是一人騎一頭，為什麼是驢，為什麼不是馬，不是獨角獸？一萬個為什麼，我有一萬個為什麼不。

另外有人留言，說我已經是公眾人物，要負起所謂公眾人物的社會責任（就因為我說我喜歡某個女明星的紅毯打扮，有人說我妖言惑眾，好像我是古時候的道士夜觀星象，看到異象，就到處奔走說會出女皇帝還是會大旱三年之類，我只是喜歡那個女明星的凡賽斯禮服而已啊！），與其擔憂是不是會被說什麼，不如就做心意裡想做的事吧，說想說的話吧，同時得知道，任性的代價，是自己負擔得起的。

我沒在追求公眾人物的社會責任，至少不是有意識的，我偶然會想到公眾人物這件事，是《獨領風騷》的女主角給我的靈感，她跟她的朋友說，難道你不想用你的名氣做點好事嗎？我想要，所以我願意給我關心的議題一點點能見度，我不避諱地去談我想談的社會議題，不因為那可以讓我顯得很怎麼樣，而是我認為這件事應該讓更多人注意到，讓更多人討論，在我所能做到的最大範圍內，但那不是所謂的負起社會責任，而是因為這麼做，我很開心。

名人的概念到底是什麼？我先解釋一下我對名人的認知（這也是我選擇評論對象的標準），第一，這個人的有名是自願性的（好比被跟拍的政治人物配偶子女，我便不予置評），第二，這人的生計與他的名氣有直接關係，我就認為這是可以評論的名人，當然還有，這人在我心裡一般人是認得的。

由於我不覺得自己會被認出來，所以我至今都沒有身為什麼名人的自覺（話說回來，那到底是一種什麼樣的感覺來著？覺得大家整天都在看他，不要再看了給我一點喘息的空間嗎？或需要在晚上七點的室內戴上墨鏡？），我一直按照過去多年來的習性生活，要殺價便殺價，要火大便火大，八卦粉絲頁上老爆哪個明星私底下臉很臭，但難道當上明星就要像財神爺一樣笑臉迎人嗎？私底下人很好當然是好事，但我覺得那要由衷的喜歡那種感覺，而不是這一切都只是一種作態。

我聽說有些人會動不動對身邊的人說我現在是個名人，所以我們的關係不能公開，或我要顧惜自己的形象所以不能怎樣怎樣之類，讓我哈哈大笑，真正有名氣的人不會被小事打倒，不會為無聊的公眾形象煩憂，如果公眾形象是假的，那維持下去也沒有意義。

林真理子寫過說她參加一個活動，在場有藤原紀香和松島菜菜子這種巨星，然後一個女作家戴著大墨鏡自以為多有名遮頭遮臉一副不想被拍的樣子潛進座位，其實根本沒人要拍，這不是任性，而是自我認知錯誤。

哦，說到沒人要拍這件事情我個人有深刻感受，我參加過一個電影首映，本想默默潛進去看就好了，因為我是貪圖免費電影票的路人甲嘛，結果被要求在背板前面和主持人講話並拍照，要拍照時我可以感受到前面大批的攝影師，內心不約而同地發出嘖的一聲（很抱歉我彎腰也不會得到比較好的鏡頭），那是我第一次發現自己會心電感應，但我對這類照相都抱持著拍出來也不會登的心情坦然面對，所以其實還行（結果有一次登出來了旁邊還是陳柏霖，深深感到所謂雞立鶴群就是這樣）。

所以名人自覺這種東西跟闌尾一樣不必要，而且發起炎來還會造成嚴重後果，比如自稱知名部落客（或作家）去白吃白喝，或主動提案說我要出旅遊書請貴出版社替我出旅費住宿費和購物費（其實敢說出口的人我還滿佩服的，在他眼裡世界不是百貨公司，而是吃到飽了），落人口實不說，還被譏笑自以為是哪根蔥。

所謂，你不知道我是誰嗎，這種問題，夠有名的人不必問，不夠有名的人問了也是白問，而越是有名的人，越該知道什麼東西可以自己買，應該自己買。永遠忘不了小時候看到的一個笑話（大約是我的人生座右銘），一人在機場大發飆罵櫃檯說你不知道我是誰嗎？櫃檯人員冷靜地按下廣播系統，說，各位旅客注意，六號櫃檯這裡有一成年男子不知道自己是誰，請有遺失的旅客到六號櫃檯認領，謝謝。

如果要跟人說，你不知道喔，其實我是某某某，所以你應該怎樣如何，我總覺得有點落漆，因為人家如果知道你是某某某，就不必你還要自己開口了，又或者，萬一你這樣開口了，對方回你說，我知道你是誰，但那又怎樣？（我覺得很多情況下是這樣的）豈不更丟臉嗎？不要因為你是什麼身份而覺得自己可以任性，而是因為，每個人在許多事上都有小小任性的權利。

顯然的，在很多各地的服務人員大爆料裡，那些被爆料的名人，服務人員都知道他們是誰，但他們的名氣只是變成不恰當行為的一個傳播理由（因為很少人想聽台北陳先生的不良行徑，除非行徑本身極度誇張，或有影片為證），沒有帶來任何好處，如果時不時的拿出名氣卡只為點小恩小惠（七折以上都不值得討啦），似乎總顯得有點淒慘。

不該問人，你知不知道我是誰，因為那是個注定沒好下場的問題。

要說被認出來的經驗，畢竟是有的，仔細想想，報上偶有我的照片，所以可能的確在外面有些人知曉我的長相（比如我家附近賣魚的老闆娘，但被認出來買魚又沒有比較便宜），但我平常走在路上，絕對沒有在想這件事情，所以每次被認出來都跟第一次被認出來一樣震驚，不過認出我的讀者多半人很好，頂多問一下，就會飄到別的地方去，免去許多無話可說的冷場窘境。

比較尷尬的是在捷運上被坐旁邊的人認出來，因為兩人都在這車廂裡無處可去，認出來以後會陷入長長的尷尬，而且如果還要再搭上好一段路，那就更尷尬了，我想下次我在捷運上如果遇見心儀名人，應該選在自己快下車前才與他相認（或下次被認出來以後應該禮貌性地在下一站下車）。

知道這世上有不認識的人心心念念的痛恨自己我都感到窩心，比如有人上天入地的搜集我的醜照，留言也貼，PTT也貼（還蒐集一大堆偽裝成男性穿搭文），被告知有這些東西存在時我都感到很奇妙，因為裡面還有些照片，不是那種我主動出現在媒體前的，而是從我左後方四十五度角拍攝的（搭配那張圖的文字是，你要相信穿著吊帶褲的中年男子的話嗎？好啦的確是不用太信），看到那張照片時我覺得實在太妙了，因為一般來說被偷拍野生照，是真正的名人才享有的待遇啊，同時又有點頭皮發麻，那人如果要殺我，那個角度絕對可以一槍爆頭的。

但那有阻止我繼續穿我想穿的衣服出門嗎？當然沒有，任何事有阻止我比較不怎麼樣嗎？我覺得不太可能。任性不是對人壞，不是氣燄高張，不是自我意識過剩，而是隨著自己的心意走，你可以對對你無禮的人回報以笑容，因為你不因為他的粗魯而改變自己的舉止，這是任性，你可以容許別人對你口出惡言而你不當件事，因為你不會因為別人的話而改變自己的心情，這也是任性，任性是成為你想成為的那個人，而後果自負，認為任性就是馬路上橫著走氣燄沖天的人，往往在現實生活中壓抑過甚，任性是一種對自己的深刻了解，發展出來的人生態度，如果不了解自己，怎麼會知道自己付不付得起這任性的代價呢。

你想成為什麼，你想在世界上，佔據什麼位置，也許這有命定的因素，但我總覺得，一個人在世上過得開不開心，在於他任性的尺度有多大，做想做的事，拒絕不要的，說起來很簡單，做起來很難，既然這世上已經有這麼多由不得我們，那麼，在許可的範圍裡，任性是最奢侈最愉快的事，一切的努力，其實都在累積任性的資本（或者說，在這百貨公司裡你的信用卡額度），這世界為什麼是個百貨公司？因為裡面有太多你可以擁有的東西。

我希望永遠能拿好自己手上的香檳杯。

個人意見之完美的任性

作　　者 陳祺勳
執行編輯 繆沛倫
封面設計 永真急制 Workshop
美術設計 賴姵伶
行銷企畫 高芸珮

發 行 人　王榮文
出版發行　遠流出版事業股份有限公司
地　　址　臺北市南昌路 2 段 81 號 6 樓
客服電話　02-2392-6899
傳　　真　02-2392-6658
郵　　撥　0189456-1
著作權顧問　蕭雄淋律師

2015 年 05 月 01 日　初版一刷
原價新台幣　280 元

ISBN　978-957-32-7632-6
遠流博識網　http://www.ylib.com
E-mail　ylib@ylib.com

國家圖書館出版品預行編目 (CIP) 資料

個人意見之完美的任性 / 陳祺勳著 . -- 初版 . -- 臺北市：遠流，
2015.05
面；　公分
ISBN 978-957-32-7632-6(平裝)

855　　104005911